Zauberhaftes Wichtelparadies

Zauberhaftes Wichtelparadies

Unipart-Verlag · Stuttgart

Erschienen im Unipart-Verlag GmbH.
Remseck bei Stuttgart, 1988
Text: Wolfgang Mennel
Bearbeitung: Christine Groß
ISBN 3 8122 3075 5

Inhalt

Im tiefen Wald 11

Boris Bösewichtel 35

Uli Brummkes schönste Reise 59

Ein Schulweg mit Hindernissen 83

Auf die Plätze — fertig — los!! 107

Auf großer Fahrt im kleinen Schiff 131

Im tiefen Wald

Draußen vor der Stadt, ein Stück noch hinter den letzten Häusern, dort wo der gelbe Raps blüht und wo die Maiskolben bis in den Himmel sprießen, dort beginnt der tiefe, dunkle Wald. Ihr wißt doch, wo das ist, oder?

Ja, genau. Da wo sich Fuchs und Hase »Gute Nacht« sagen — wenn der Hase nicht gerade zu erschöpft ist von einem Wettrennen mit dem rasenden Igel Igor.
Da wo die Rehe sich ihr samtenes Fell kämmen, und wo die Eulen Geschichten von fernen, wilden Ländern erzählen...

Da also, wo dieser Feldweg sich gabelt und nach rechts in einer scharfen Kurve bergauf führt, da beginnt das Reich der Wichtel.

Dennoch gibt es viele Menschen, die es gar nicht merken, wenn sie in das Wichtelreich eindringen.
Sie hören und sehen und riechen nichts — sie trampeln einfach durchs Gehölz wie Nashörner durch den Kühlschrank. Wer einmal ein Nashorn im Kühlschrank beobachtet hat, der weiß, von was ich rede.

Tina, Florian und der Teddybär Uli Brummke aber haben einmal das Reich der Wichtel besucht, und das kam so:
An einem sonnigen Ferientag unternahmen die drei einen Ausflug durch Felder und Wiesen. Dabei näherten sie sich einem trüben Froschtümpel.

»Sieh mal!« rief Tina. »Dort wohnen sicher tausend Frösche. Das muß ein Gequake sein, wenn die alle durcheinander plappern, wie wir in der Schule.«
»Das mag sein«, erwiderte Florian, »aber ich höre noch etwas anderes als Quaken — so ein leises Säuseln.«
»Vielleicht streiten sich zwei Ameisen um einen Krümel Brot.«

»Wie soll denn das Brot in den Wald kommen? Vielleicht zu Fuß?« spöttelte Florian. »Nein, es klingt eher wie ein Wimmern, so als hätte jemand Schmerzen.«

Dort gibt es zwar keine richtige Grenze mit Zöllnern und rot-weiß gestreiften Schlagbäumen; niemand verlangt einen gültigen Ausweis, und niemand kann dort etwas schmuggeln — aber dennoch werdet ihr deutlich merken, wann ihr das Reich der Wichtel betreten habt.

Die Vögel zwitschern dort ein wenig lustiger als anderswo, und die Bäume sind einen Ton grüner; die Bächlein sprudeln frischer, die Blumen duften zarter, und die Heuschrecken hüpfen fünf Zentimeter weiter als üblich.

Vorsichtig näherten sich die Kinder einem Graben, der den Tümpel säumte, denn von dort schien das Geräusch zu kommen.

Als sie schließlich von oben in den Graben blickten, da blieb ihnen fast das Herz stehen: Dort saß ein kleines Männchen mit weißem Bart; es war ganz in Rot gekleidet, und auf dem Kopf trug es eine große Kapuze.
Zwar wischte er sich eine Träne aus dem Auge, aber mit seiner roten Nase, sah er immer noch sehr lustig aus.

»Ein Wichtelmann!«, flüsterte Uli Brummke, der bis dahin noch nie wirklich gesprochen hatte — kein einziges Wörtchen. Hier aber, im Reich der Wichtel, da reden auch die Teddybären und andere Tiere.

»Ich dachte, Wichtel gäbe es nur im Märchen«, staunte Tina, und Florian zuckte mit den Schultern.

»Von wegen Märchen«, sagte der kleine rote Kerl mit leiser Stimme. »Kann man sich im Märchen wirklich den Fuß verstauchen? Na also. Ich bin aber beim Beerensuchen ausgerutscht, bin in den Graben gefallen und habe mir den Knöchel vertreten. Das tut ziemlich weh, und ganz dick geschwollen ist der Fuß.«

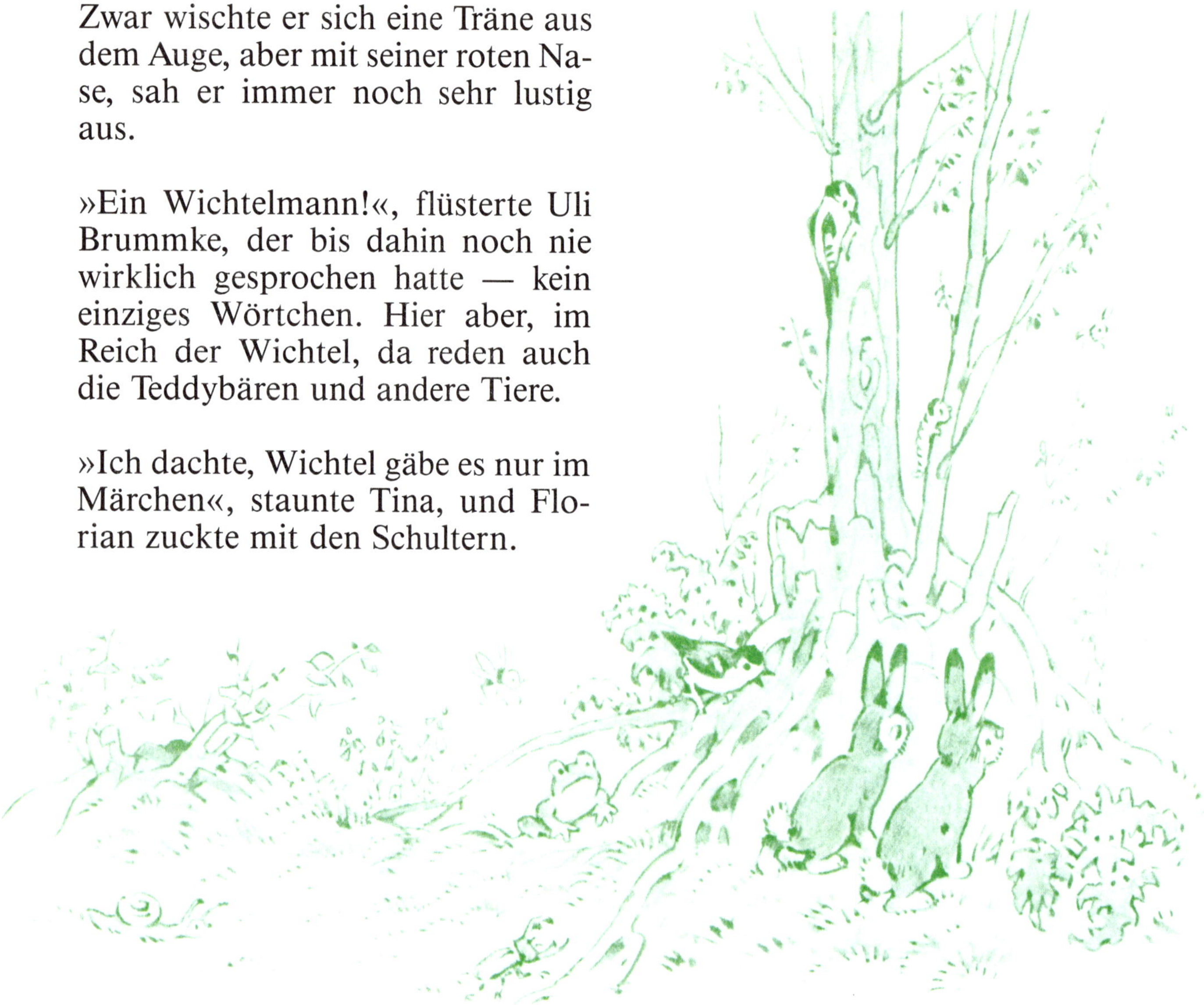

Im Märchen mag es feuerspeiende Drachen geben, böse Knusperhexen, sieben Geißlein, drei Wünsche und eine Erbse im Bett der Königstochter, aber der Knöchel des Wichtels war wirklich und echt verstaucht.

»Wir müssen ihm helfen«, sagte Florian und Tina nicktedazu.

Zum Erstaunen der Kinder erklärte Uli Brummke, er wisse den Weg zu den Wichteln. Zwar sei er noch nie hier gewesen, aber er kenne sich trotzdem aus: »Dort vorne links, bei der Blautanne rechts und dann immer der Nase lang«, brummte er, und der Wichtel nickte: »Ja, genau. Das ist sehr nett, daß ihr mir helfen wollt. Ihr seid herzlich bei mir eingeladen.«

So machten sie sich auf den Weg: Tina, Florian, Uli und der humpelnde Wichtel. Er hieß übrigens Taumi — nun ja, ein seltsamer Name, aber die Wichtel sind schließlich auch keine Menschen wie ich und du und der Nachbar, der immer schimpft, wenn man Bananenschalen auf den Boden wirft.

Gewöhnliche Menschen kommen nur höchst selten zu den Wichteln, vielleicht ein einziges Mal in hundert Jahren, höchstens drei Male.
Da könnt ihr euch leicht vorstellen, für welche Aufregung das Erscheinen der Kinder sorgte.
Dem Eichhörnchen Walter fiel beim Kauen ein Tannenzapfen aus dem Maul, die Feldmaus Fridolin huschte vor Schreck ins Maulwurfsloch, und die Schnecke Schmock war ganz aus dem Häuschen.

»Seht mal, Kinder, wer da kommt!« rief der Igelvater. Da sprangen die Igelkinder von ihren Hockern, vergaßen ihre leckere Löwenzahnmilch und starrten die Fremdlinge an.

»Was die für glatte Haare haben«, sagte ein Igelchen, und die anderen kicherten.
»Und ihre Gesichter sind bleich wie der Mond!«
»Und ihre Augen sind groß wie die der Frösche!«
»Na, na, na«, quakte der uralte Frosch.
»Ich verbitte mir solche Vergleiche. Die Kinder mögen Augen haben, so weit so gut, Aber die Augen von uns Fröschen sind so schön, daß man sie mit nichts auf der Welt vergleichen kann.
Und schließlich sehen wir so scharf und so weit wie kein anderes Lebewesen auf der Welt.«
Der Frosch blähte sich mächtig auf und fügte noch hinzu:
»Unser Blick reicht einmal um die ganze Erde, so daß wir uns sogar selber von hinten sehen können. Also merkt euch gefälligst:

Wir Frösche sind unvergleichlich schön und klug.«
»Und unvergleichlich glitschig«, sagte die Maus, die ebenfalls bei Igels zum Essen geladen war.
»Ihr werdet doch nicht streiten«, sprach der Igelvater streng.
»Wenn Taumi die Kinder mit ins Wichtelreich bringt, dann müssen sie freundlich und gut sein. Andere dürfen sowieso nicht herein. Nach dem Essen werden wir uns die Fremdlinge im Wichteldorf einmal genauer ansehen. Jetzt aber guten Appetit! Greift tüchtig zu, bevor Alles kalt wird.«

Taumi, die Kinder und der Teddybär hatten unterdessen ihre Wanderung über saftige Wiesen und weiches Moos fortgesetzt. Allzu rasch ging es nicht voran, denn Taumis verstauchter Knöchel schmerzte doch sehr. Aber mit Hilfe der Kinder legte er Meile um Meile zurück.

Bis ins Wichteldorf sind es aus jeder Himmelsrichtung genau dreizehn Meilen und eine Handbreit.
Wer das nicht glaubt, dem ist sowieso nicht zu helfen.
Der soll ruhig das Buch zuklappen und seine Haare zählen.

Während die Wanderer ihrem Ziel entgegenstrebten, da versammelten sich immer noch Tiere im Walde und machten sich Gedanken über das große Ereignis.

Rossi, das Rotkehlchen, behauptete, die Menschen seien böse, denn sie sperrten Vögel in Käfige. Die Feldmaus rief:
»Ja, die Menschen sind gemein. Sie locken uns mit feinem Käse in unfeine Mausefallen.«
Und der Fuchs meinte: »Ja sie sind böse; sie sperren die Hühner in Käfige, damit ich sie nicht befreien kann.«

»Dann müssen wir Taumi warnen!« sagte die Wespe. »Vielleicht wollen die Kinder ihn in eine Wichtelfalle locken.«

Aufgeregt schnatterten und summten, tschierpten und brummten, zischten und zirpten alle durcheinander.

Endlich aber hob der Hase Oskar seine Pfote und ergriff das Wort:
»Ruhe! Ruhe!!! Seid doch nicht dumm. Ihr wißt genau, daß niemand den Wichteln eine Falle stellen kann.
Die Wichteln sind schlauer als schlau, und Taumi ist noch der Allerschlaueste von ihnen.
Außerdem gibt es nicht nur schlechte Menschen, sondern auch gute und hilfreiche.«
»Na ja« sagte die Grille und putzte ihre Brille, weil sie von all' dem nichts verstand.

»Woher weißt du denn das?« fragte Tina verwundert.
»Wir wissen über alles Bescheid«, schmunzelte Buschi. »Wir sehen und hören alles, nichts, was im Wald geschieht, bleibt uns verborgen.«
Schließlich schlug Oskar vor, sie sollten alle zusammen ins Wichteldorf ziehen.
»Dann können wir uns mit eigenen Augen und Ohren davon überzeugen, ob die Kinder es verdient haben, daß man sie ins Wichtelreich eingelassen hat.«
Bravo Oskar, das war wirklich ein weiser Ratschlag!

So machten sich die Tiere auf den Weg ins Wichteldorf.
Der eine flog, der andere flatterte, eine hüpfte, eine andere kroch, einer hoppelte, der nächste hopste — jeder auf seine Art — und doch würde jeder früher oder später am Ziel ankommen.

Es war ja nicht mehr weit. Ein halbes Stündchen für die Schnecke, neun Sekunden für den Hasen, acht kräftige Flügelschläge für die Blaumeise — zum Mond ist es allemal ein längerer Weg als bis ins Wichteldorf.

Inzwischen hatten auch Tina, Florian, der Bär und der Wichtel Taumi die Dorfgrenze erreicht.

»Wir haben gedacht, es gäbe hier keine richtige Grenze«, sagte Tina. »Und jetzt stehen wir doch vor einem Schlagbaum, der den Weg versperrt.«

Auch Florian zog die Mundwinkel enttäuscht nach unten, aber Taumi lachte und sagte:
»Nun macht euch nicht gleich in die Hose. Ihr seid gute Menschen, und ihr habt mir geholfen; ihr dürft unser Dorf immer betreten.
Aber es versteht sich von selbst, daß nicht jedermann bei uns willkommen ist.
Schließlich gibt es auch üble Burschen und garstige Mädchen. Die spucken uns in die Suppe, die stehlen uns unsere Mützen, oder sie schreien so laut, daß die Milch sauer wird.«

»Ach so«, sagte Tina.
»Na, wenn das so ist«, sagte Florian.
Und auch Uli Brummke nickte verständnisvoll.
»Wer nur Unruhe stiften will, der hat bei uns nichts verloren«, sagte der Wichtel, der die Grenze bewachte.
»Ich heiße übrigens Buschi, weil ich hier unterm Busch wohne. Seid herzlich willkommen bei den Wichteln und vielen Dank, daß ihr Taumi geholfen habt.«

»Da müßt ihr aber mächtig gute Ohren haben«, sagte Florian.
»Oder aber echte Superadleraugen«, meinte Tina.
»Alles halb so schlimm. Die Rotkehlchen fliegen schneller als das schärfste Auge sehen kann. Kaum ist irgendwo etwas passiert, da flattert schon ein Vogel herbei und erstattet Bericht.«
»So einfach ist das also.«
»Ja wenn das so einfach ist, dann ist da ja gar nichts dabei«, sagte Florian und trippelte unruhig von einem Fuß zum anderen, als würde es ihn irgendwo drücken.
»Was ist denn mit dir los, du mußt wohl aufs Klo?« fragte Taumi.
»Nein, äh, ja natürlich«, stotterte Florian. Eigentlich mußte er gar nicht aufs Klo; er war nur ungeduldig und wollte endlich das Wichteldorf sehen, diese geheimnisvolle Traumstadt mitten im tiefsten Wald.

Taumi hatte natürlich verstanden, was Florian wirklich wollte, und so schritten sie unterm Grenzbaum hindurch, winkten Buschi zum Abschied zu und gingen auf das Ziel los, so schnell der humpelnde Taumi eben konnte.

Man muß schon ganz genau hinschauen, wenn man die Häuser und Wohnungen der Wichtel entdecken will, denn sie sind geschickt getarnt. Sie werden unter Büschen und Bäumen errichtet. Manche Wichtel haben ihre Bleibe sogar in einem hohlen Baumstamm gebaut. Zum Bauen verwenden sie Holz und Schilfrohr. Die Ritzen verkleben sie mit Moos und Lehm.

Wer keine scharfen Augen hat, der wird das Wichteldorf niemals entdecken können, vor allem, wenn sich die Wichtel fürchten und ihre Behausungen nicht verlassen. Das war diesmal aber nicht nötig, denn es gab doch Anlaß zur Freude.

Von einem Aussichtsplatz hoch oben auf einer Zitterpappel rief ein Eichhörnchen:
»Aufgewacht! Wichtelvolk! Taumi nähert sich mit den Kindern und dem tapsigen Brummbären.«

Auf einem Ast versammelten sich zwölf Nachtigallen. Sie räusperten sich, und dann sagte die kleinste von ihnen: »Eins, zwo, drei, vier!«

Florian und Tina blieben stehen und lauschten dem Begrüßungskonzert der Nachtigallen.
»Das ist ein Empfang«, staunte Tina, »wer hätte das gedacht.«

Hinter jedem Baum und in jedem Busch begann es jetzt zu rascheln. Man hörte freudiges Gemurmel und hektisches Trippeln, vergnügtes Kichern und sanftes Scharren.
Und zwei Augenblicke später waren die Ankömmlinge von einer ganz großen Schar rotmütziger Wichtel umringt.

»Bravo!« — »Willkommen« — »Tachchen«, riefen sie gleichzeitig. Florian und Tina standen mit offenem Mund da und hätten mit Sicherheit das Atmen vergessen, hätte nicht Uli Brummke sie heftig in die Finger gezwickt:
»Nun hört endlich auf, mit offenem Mund herumzustehen wie zwei Garagen. Ihr solltet nun endlich unser Gastgeber begrüßen, sonst denken die noch, ihr wäret unhöfliche Stoffel, zu faul oder zu dumm auch nur ein einziges Wort über die Lippen zu bringen.«

Wohl dem, der einen Teddybären bei sich hat.

Nach Ulis Ermahnung faßte sich Florian ein Herz und stotterte: »Grü- grü- grüß Tag... äh... ich meine, guten Gott... äh...«
»Laß' mich machen«, sagte Uli, der ein weitgereister Bär war und stets wußte, wie man sich zu benehmen hat: »Guten Tag, meine Damen und Herren Wichtel, habe die Ehre, wie geht's, wie steht's?«

Die Wichtel kicherten, als sie den Bären so umständlich und förmlich reden hörten. Aber sie fanden es lustig und antworteten:
»Guten Tag, Herr Bär, habe die Ehre, wünsche wohl geruht zu haben und grüß Gott!«

Eines hatte Uli Brummkes Ansprache bewirkt, nämlich, daß Florian und Tina ihre Scheu vor den fremdartigen Geschöpfen verloren und nun ihrerseits unbefangen reden konnten.

Aber natürlich ist es nicht nötig, so viele schwierige Worte aneinanderzureihen, wenn man sich mit den Wichteln unterhalten will.

Der Wichtelbürgermeister begrüßte nun die Retter Taumis und bedankte sich im Namen aller Wichtel für die gute Tat. Als er dann aber eine lange Rede halten wollte, unterbrachen ihn die anderen.

»Nein, nein, keine langen Reden! Beim letzten Mal sind wir alle eingeschlafen. Und als wir dann tief und laut geschnarcht haben, hast du dir auch noch eingebildet, wir würden Beifall klatschen.«

»Heute wollen wir ein Fest feiern, daß sich die Bäume biegen!«
»Ja, ruft die Musikanten herbei!«
»Setzt die Töpfe aufs Feuer!«
»Holt die kühlen Getränke aus dem Keller!«
»Schmückt den Festplatz mit Pfauenfedern und Leuchtkäfern!«

Feiern können die Wichtel, das muß man ihnen lassen.
Zuerst freilich wurde Taumis Knöchel verarztet. Der Wichteldoktor legte ihm einen Verband an, mit einer Salbe aus Brombeeren und Mäusespucke. Dann nahm Taumi in einem Sessel aus Blätterteig Platz und betrachtete das festliche Treiben von weitem.

Tina und Florian staunten vor allem über die vielen Tiere, die als Gäste erschienen. Sie zeigten sich kein bißchen scheu, sogar die Rehe kamen furchtlos herbei und reichten den Kindern die Pfote.

»Tschuldigung«, summte die Wespe. »Ich habe vorhin gedacht, ihr hättet was Böses im Sinn; jetzt aber sehe ich, daß ihr ganz in Ordnung seid.«

Auch die Maus dachte längst nicht mehr an heimtückische Mausefallen, sondern schielte der Wichtelköchin über die Schulter in den großen Kochtopf.
»Oh, das wird ein feines Süppchen, ach, wie das himmlisch duftet.«
»Und wenn du noch so schmeichelst:
Du wartest, bis alle etwas kriegen!« sagte die Köchin und drohte der Maus mit dem Kochlöffel.

Tina und Florian fütterten unterdessen das Eichhörnchen Otmar mit süßen Heidelbeeren. Otmar hatte den Kindern ins Ohr geflüstert, er wisse einen Baum, auf dem Himbeeren wüchsen, genau so groß wie Fußbälle.

»Nur müßt ihr mir zuerst ein paar von euren Heidelbeeren geben; denn wenn ich zu hungrig bin, dann kann ich den Himbeerschaum nicht mehr finden.«

»Hör auf zu lügen«, pfiff die diebische Elster Elvira. »Fußballgroße Himbeeren, daß ich nicht lache!«

»Genau«, quakte der Frosch«, außerdem ist genug für alle da. Aber Otmar will immer Vorräte horten — schrecklich ist das mit ihm.«

Bald aber war der Streit vergessen, und nun stand wieder Uli Brummke im Mittelpunkt.
Die Wichtel hatten ihre helle Freude mit dem knuddeligen Pelztier, das so tief brummen konnte, wenn man es auf den Rücken legte und dann wieder aufrichtete.

Auch glaubte Uli Brummke immer noch, daß die Wichtel einen nur dann verstehen, wenn man sich umständlich ausdrückt.
Wenn die Wichtel ihn nach seinem Namen fragten, dann sagte er:
»Gestatten meine Damen und Herren, mein Nami ist Ulli Brummke, hochwohlgeboren, erlauben Sie bitte untertänigst zu sagen: Grüß die Hand, gnädige Frau!«

Auf solche Reden hin, konnten die Wichtel nicht mehr ernst bleiben. Sie johlten und kugelten sich im Gras, so ein Spaß! Dann aber rief der Rohrspatz alle zum Essen.

Herrliche Speisen wurden den Gästen serviert: Erdbeerquark mit Pilzen — Eierpfannkuchen mit Senf — Mandelplätzchen mit Rhabarberspitzen und Pfefferminzstreuseln sowie Brennesselwein mit Zimtgeschmack...!
Und wenn die Teller einmal geleert waren, dann eilte die Wichtelköchin herbei und — schwuppdiwupp — schon türmten sich neue Wunderdinge vor den Augen der Essenden.

Hier bleibt kein Nimmersatt hungrig. Es wurde heute so reichlich aufgetischt, daß selbst Otmar, das Eichhörnchen, auf seine Kosten kam: Mit vollen Taschen und Backen trollte er sich schließlich davon und füllte seine Vorratskammern.

Alle aßen so schnell und so viel es ging - nur einer nicht: Uli Brummke, der Teddybär, saß auf seinem Stuhl und rührte keinen Bissen an.
Das wunderte die Wichtel sehr, und sie sorgten sich um den Bären; denn ein Wichtelsprichwort sagt: *Wer nicht gut ißt, dem ist nicht gut.*

»Fehlt dir etwas?« erkundigte sich Taumi, worauf der Bär den Kopf schüttelte:
»Ein Spielzeugtier kann zwar reden, aber essen braucht es nicht.« Das konnten die Wichtel zwar nicht verstehen, aber sie dachten: »Was nicht ist, das wird schon noch, vielleicht beim nächsten Mal«.

Nach dem Essen sangen die Amseln und Drosseln ein Schlaflied, und sofort wurden alle so müde, daß sie sich genau da, wo sie gerade saßen oder standen, ins Gras fallen ließen und einschliefen.

Wahrscheinlich haben sie allesamt zuckersüß geträumt, denn beim Aufwachen hatten sie alle ganz verklebte Augen. Aber ein jeder war gut gelaunt, und der Bürgermeister rief:
»Wohlauf ihr Musikanten, zeigt uns was ihr könnt, zupft die Saiten, blast ins Horn, haut auf die Pauke: Wir wollen tanzen!«

Gesagt, getan: Die Wichtelband spielte, was die Finger hilten. Wenn auch nicht jeder Ton zu den anderen passen wollte — die Stimmung war dennoch glänzend.

Nur einmal gab es eine leichte Verstimmung:
Plötzlich erschienen am heitersten Himmel drei pechschwarze Raben und erklärten, sie seien die weltberühmten Opernsänger Dore, Mifa und Sola.
Und sogleich begannen die Raben zu krächzen, daß die Bäume bis ins Mark erzitterten und mitten im Sommer ihr Laub abwarfen.
»Haltet ein mit dem Gekrächze!« riefen die Wichtel, aber vergeblich. Die Rabenfänger krähten und krakeelten, und nichts in dieser Welt schien sie aufhalten zu können.

Bis Florian die rettende Idee hatte: »He ihr, habt ihr schon von dem Sängerwettbewerb auf Burg Rabenstein gehört? Alle großen Sänger der Welt haben sich dort versammelt. Da wollt ihr doch wohl nicht fehlen? Das ist nur drei Flugstunden von hier. Dem Sieger winkt als Preis eine rabenschwarze Sonnenbrille ohne Gläser.«

»Wo?« — »Wie?« — »Warum?« krähten die Raben voller Gier und starteten sofort senkrecht in die Luft. Sie waren wirklich so gierig auf den vorgeschwindelten Preis, daß sie noch nicht einmal nach der Richtung fragten, in die sie fliegen mußten.

Das war sehr leichtsinnig von den drei Raben.
Stellt euch nur vor, sie wären nicht nach links oder rechts, sondern einfach nach oben weggeflogen. Raben sind schnelle Piloten und in drei Stunden wären sie leicht fast bis zur Sonne gekommen. Dort hätten sie zwar sehr schnell gemerkt, daß sie in die falsche Richtung geflogen waren; aber zu spät: mit versengten Federn und angeschmorten Schnäbeln hätten sie den Rückflug antreten müssen.

Den Wichteln und ihren Gästen war es einerlei, Hauptsache die Radaubrüder waren endlich weg.
Jetzt konnten sie wieder Musik nach ihrem Geschmack machen, und ein jeder tanzte, bis ihm schwindlig wurde.

Die Maus drehte sich mit der Heuschrecke im Kreis, der Frosch mit der Elster und das Huhn mit dem Maikäfer; Fuchs und Hase legten einen rassigen Tango aufs Parkett; Maulwurf und Biene wiegten sich im Walzertakt, der Dachs wirbelte den Marienkäfer durch die Luft.

Tina gefiel der Wichteltanz besonders gut: Dabei setzt man den linken Fuß einen Schritt nach vorn, und ruht sich aus; dann zieht man den linken Fuß wieder zurück und ruht sich wieder aus. Dann führt man die gleiche Bewegung mit dem rechten Fuß aus, und so fort.

Der Wichteltanz ist schnell gelernt und macht eine Menge Spaß — aber nur, wenn man ihn auch wirklich beherrscht.
Auch Uli Brummke fand viel Freude beim Tanzen. Er klatschte mit seinen weichen Pfoten im Takt und rief: »Juheididei — juho« — oder umgekehrt, das habe ich jetzt leider vergessen.

Selbst Taumi mit seinem verstauchten Knöchel konnte sich schließlich nicht mehr zurückhalten und hüpfte auf seinem gesunden Fuß in der Menge mit, wie das leibhaftige Rumpelstilzchen.

Schließlich aber waren alle ordentlich erschöpft.
Sie schnauften und keuchten vor Anstrengung. Der Wichtel Pampam war bereits auf seiner Trommel eingeschlafen, und auch die anderen Musiker konnten ihre Instrumente nur noch mit Mühe gerade halten und verlangten eine kleine Pause.

»Ja, ja«, sagte der Bürgermeister, »laßt uns für dieses Mal Schluß machen.«

Die anderen gähnten und nickten.
Nur Uli Brummke patschte unverdrossen seine Pfoten zusammen und rief: »Musik, Musik, Musik!«
Ein Teddybär kennt nun einmal keine Müdigkeit.

Wo ein Wichtel Muskeln hat, da steckt beim Teddybären Holzwolle. Das ist manchmal sehr praktisch. Aber hier mußte auch Uli Brummke einsehen, daß sein Patschen nichts half, wenn alle anderen müde waren. Schließlich kam es sogar so weit, daß Florian sagte:
»Sei endlich ruhig Uli! Du siehst doch, daß alle sich ausruhen wollen. Aber bei deinem Geklatsche kann niemand einschlafen.«
»Hmmmmh«, brummte der Bär und sagte: »Okey, aber ich höre nur auf, wenn ihr mir versprecht, daß nachher wieder getanzt wird.«
Aber alles kam wie so oft ganz anders als geplant.

Alle waren dabei, sich ein bequemes Plätzchen zum Schlafen zu suchen, als plötzlich Florian einen Schrei ausstieß und dann mit bleichem Gesicht sagte:

»Sieh doch, Tina! Die Sonne geht bald unter. In einer Stunde wird es dunkel sein, und wir sind noch nicht daheim!«

»Auwei auwei, da wird sich Mutter Sorgen machen, wenn sie uns nicht finden kann.«

Mit einem Schlag war die Feststimmung im Wichteldorf zu Ende. Die vielen lustigen Stunden waren wie im Flug vergangen, und nun mußte man leider voneinander Abschied nehmen.
Jeder reichte jedem zweimal die Hand, verbeugte sich artig und sie versprachen, sich recht bald wiederzusehen.
»Wir begleiten euch noch ein Stück!« erklärten die Wichtel. »Das ist doch Ehrensache. Nicht daß ihr euch noch im Walde verirrt.«

Alle Wichtel geleiteten die Kinder auf ihrem Heimweg.
Die Musikanten hatten sich mittlerweile wieder erholt und spielten flotte Marschmusik, denn mit Musik wandert es sich viel leichter.

Links ein Schritt — Und rechts ein Schritt — Damdideldei — Und wir gehen mit!

Die Maulwürfe saßen auf ihren Erdhügeln und winkten mit den frischgewaschenen, schneeweißen Taschentüchern aus Zellwolle.

Die Hasen am Wegesrand spitzten die Löffel und lauschten dem fröhlichen Wanderzug.

Oben auf den Bäumen stimmten die Vögel in die Musik mit ein und bald klang der ganze Wald.

Sogar die Spechte hörten einen Moment lang auf, Löcher in die Bäume zu bohren und pfiffen sieben oder acht Töne.

Am Fluß unten saß der Waschbär Wosche und wusch seine Wäsche. Aber als er die Musik hörte, ließ er seine Arbeit stehen und liegen und trällerte mit den anderen mit.

Wenn der böse Wolf damals noch gelebt hätte, dann wäre er sicherlich Hals über Kopf davongerannt und hätte sogar das Rotkäppchen übersehen. Denn so viel Musik und gute Laune konnte der alte Miesepeter nicht ertragen.

Wenn auch dreizehn Meilen und eine Handbreit zurückzulegen waren, bis das Wichteldorf erreicht war, so erwies sich der Rückweg doch als sehr viel kürzer: Er betrug nur siebenundzwanzig Meter. Wie das kommt, das hat noch kein Mensch erklären können, nicht einmal der Lehrer Lempel. Aber das ist uns schnurzegal: wichtig ist nur: daß es eben so ist, wie es ist.

Wie lange braucht man, um siebenundzwanzig Meter zu gehen?
Nun, das hängt von der Größe der Füße ab und auch von der Farbe der Schnürsenkel.
In jedem Fall dauert es nicht ewig.

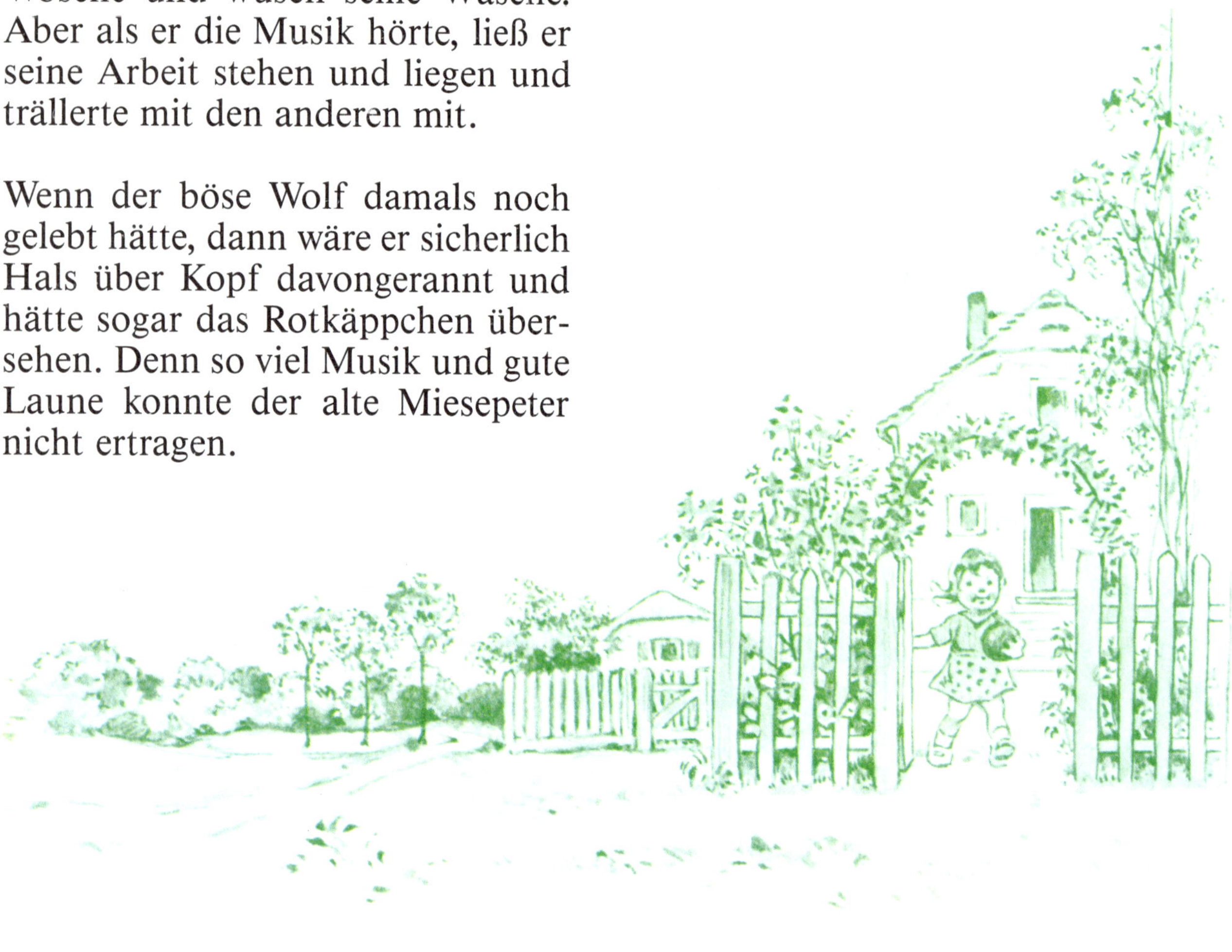

Bald hatten Tina, Florian, Uli Brummke und die Wichtel den Waldrand erreicht.

Der Wichtelbürgermeister überreichte den Kindern noch eine Schale voller Heidelbeeren und eine Baumwurzel, die aussah wie ein Wichtel, wenn man sie gegen die Sonne und mit zusammengekniffenen Augen betrachtete.

»Danke und auf Wiedersehen!« riefen die Kinder und der Bär.
»Ja, schaut mal wieder bei uns vorbei«, riefen die Wichtel.

Die Wichtel winkten mit ihren roten Kappen so lange den Kindern hinterher, bis sie in der Ferne verschwunden waren.

Als Tina und Florian endlich daheim ankamen, stand die Mutter schon in der Tür und sagte: »Das wird aber Zeit! Wo wart ihr denn so lange?«
»Bei den Wichteln, stell dir vor!« riefen die Kinder und wollten gleich noch mehr erzählen, aber die Mutter schüttelte unwirsch den Kopf.
»Erzählt mir bloß keine Märchen.«
Ja, aber wenn es doch wahr ist! —

Boris Bösewichtel

In der ersten Geschichte habt ihr erfahren, wo das Reich der Wichtel liegt, und wie man dorthin kommt.

Ebenso wißt ihr jetzt, daß die Wichtel ein friedliebendes und vergnügtes Volk sind und daß nur Menschen ohne böse Absichten und mit einem guten Herzen zu ihnen vordringen können.

Aber natürlich herrscht auch im Lande der Wichtel nicht allezeit eitel Sonnenschein.

Manchmal braut sich ein Unwetter überm Walde zusammen. Blitze zucken am finsteren Himmel, und die Wolken krachen mit Gebrüll aufeinander.

Bei solchen Gelegenheiten kommt es vor, daß es den Wichteln in die schilfgedeckten Wohnungen regnet. Dann steht auf dem Eßtisch eine Wasserpfütze anstelle einer Tasse mit heißer Schokolade. Die Fensterläden klappern, und die Wände zittern, als hätten auch sie Angst.
Dann rücken die Wichtel ganz eng zusammen, sie singen leise Lieder und warten sehnlich auf bessere Zeiten.

Aber nicht nur das Wetter bereitet den Wichteln von Zeit zur Zeit Sorgen.

Habt ihr schon von dem Fuchs Robert gehört? Wenn der schlecht aufgelegt ist, etwa weil die Gans Gerda ihn nicht auf den Rummelplatz begleiten will, dann herrscht dicke Luft im Wichtelwalde.

Manchmal aber sind die Wichtel selber Schuld, wenn es Ärger und Aufregung gibt. Denn auch unter den ansonsten so friedlichen Wichteln taucht hin und wieder ein schwarzes Schaf auf und stört die gewöhnliche Ruhe.

Erinnern wir uns nur an Boris, das Wichtelkind.
Das war einer von denen, die nur Unsinn und Schabernack im Kopf hatten. Kein Tag verging, ohne daß sich irgendein Wichtel über einen Streich von Boris ärgern mußte.
Mit besonderer Vorliebe lockte er die Tiere des Waldes in einen Hinterhalt.

Einmal hatte die Igelmutter Wäsche gewaschen und sie zum Trocknen auf die Leine gehängt.
Boris hatte sofort einen Einfall, wie er die Igelmutter ärgern könnte.

Dazu überredete er den Maulwurf Hölzenbein, mit ihm einen kleinen Ausflug zu unternehmen.
»Ich zeige dir ein Fleckchen Erde, so locker und saftig, da wirst du staunen«, sagte der hinterlistige Wicht. Hölzenbein war zwar vorsichtig, aber auch sehr neugierig. Als er aber aus seiner Höhle ans grelle Tageslicht kam, da mußte er die Augen zusammenzwicken, weil die Sonne ihn blendete.

Auf diesen Augenblick hatte Boris gewartet: Mit einem schnellen Griff packte er den Maulwurf am Kragen, hob ihn in die Höhe und wickelte ihn in die strahlend weiße Wäsche der Igelmutter.

Der gefangene Maulwurf strampelte und bohrte, er kratzte und scharrte, bis er sich schließlich aus dem Bettuch befreien konnte und wieder auf die Erde plumpste.
Aber wie die Wäsche nun aussah, das brauche ich wohl niemandem zu beschreiben.

Als die Igelmutter den Schaden entdeckte, schlug sie beide Hände über dem Kopf zusammen und jammerte drei Minuten lang.

Der Maulwurf Hölzenbein vergrub sich wieder in der sicheren Erde und Boris, der Übeltäter, hockte hinterm Brombeerstrauch und grinste schadenfroh.

Kein einziges Tier des Waldes war vor Boris sicher:

Einmal malte er dem Marienkäfer mit einem schwarzen Stift einige zusätzliche Punkte auf das rote Hemd.

Dem Laubfrosch jagte er erst gestern einen Schrecken ein: Er näherte sich ihm von hinten und machte das Schnabelklappern eines hungriges Storches nach. Seitdem verläßt der Laubfrosch sein Haus nicht mehr.

Selbst vor Bienen hatte Boris keinen Respekt. Er streute den fleißigen Honigmachern einfach ein Pfund Pfeffer ins Haus: Da war der gute Honig verdorben, und die Bienen mußten zwei Tage lang niesen.

Was nützt es da, daß die Mutter schimpft und der Vater droht.

An einem Sonntag ergab es sich, daß der Wichtelvater Boris zu sich rief und sagte:
»Hör gut zu, mein Sohn. Heute feiert Großpapa seinen hundertsten Geburtstag. Alle Wichtel werden anwesend sein, und es wird ein großes, schönes Fest werden.
Wenn du mit uns gehen willst, dann mußt du wenigstens heute auf deine Schelmereien verzichten.«

Boris nickte brav und zeigte ihm sein unschuldigstes Lächeln. Natürlich wollte er unbedingt an Opas Geburtstagsfest teilnehmen.
Aber einen ganzen halben Tag lang brav zu sein, nicht einmal einen klitzekleinen Streich auszuführen — wie sollte er das nur aushalten?

Während er noch so überlegte, schlenderte der Herr Feuersalamander vorbei.
»Vorsicht!!« rief Boris sofort. »Da hinten kommt der blaukarierte Salamanderfresser!«

Entsetzt drehte sich der arglose Salamander um, und schon versetzte ihm der böse Boris einen Tritt in den Hintern.

»Reingefallen, angeschmiert!« rief Boris und krümmte sich schier vor Lachen.
Während der Salamander fluchend das Weite suchte, hüpfte Boris wie ein Kobold von einem Bein aufs andere und kicherte vergnügt.
Dann schlug er ein Rad und machte mehrere Purzelbäume im weichen Gras.
Dabei ist es dann passiert: Boris hatte sich beim Überschlag verschätzt und prallte mit dem Rücken gegen einen Baum. Der Schmerz wäre da noch das geringste Übel gewesen. Aber dummerweise lebten am Fuße eben dieses Baumes die roten Ameisen.

Die Ameisen fühlten sich nun durch Boris bedroht. Weil auch sie schon des öfteren einem Streich des kleinen Wichtels zum Opfer gefallen waren, entschlossen sie sich sofort, die Gelegenheit zur Rache beim Schopf zu packen.

»Auf ihn, ohne Gebrüll!« befahl die Ameisenkönigin. Und schon stürzte sich das gesamte rote Heer auf den verdutzten Boris.

Sie zwickten ihn in die Zehen — aua!
Sie bissen ihn in die Waden — uff!
Sie zwackten ihn ins Knie — autsch!
Sie packten ihn am Po — ohoooo!

Ah, wie das biß und wie das brannte! Boris blieb nur die Flucht.
Er rannte über Stock und Stein und Baum und Busch und rannte und rannte, bis er schließlich erschöpft ins Gras fiel.

Nach einigen Minuten hatte sich der geplagte Bösewicht von seinem Schrecken wieder erholt und machte ein grimmiges Gesicht.

»Na wartet!« rief er, »das werde ich euch roten Burschen heimzahlen, das werdet ihr bereuen!«

Drohend schüttelte er seine Fäuste, um den Ameisen einen Schrecken einzujagen.

Und weil er seine Drohung sogleich in die Tat umsetzen wollte, begann er einen Racheplan zu schmieden.
Er überlegte und grübelte und überlegte und kratzte sich dabei am Kopf. Plötzlich aber zuckte er vor Schreck zusammen:
»Meine Mütze, ich habe meine rote Mütze verloren!«

Boris vergrub das Gesicht in den Händen und weinte einige bittere Tränen.
Denn ihr müßt folgendes wissen:
Ein Wichtel ohne seine Kappe ist kein richtiger Wichtel mehr. Ohne seine Kappe kann er das Wichtelreich nicht mehr finden — und wenn er auch hundert Jahre suchen würde.

Boris weinte und weinte, und die Tränen wollten kein Ende nehmen.
»Nie mehr werde ich Papa und Mama wiedersehen!« schluchzte er.
»Und ich verpasse auch Opas Geburtstag.«

Boris weinte so jämmerlich, daß die Tiere des Waldes herbeiliefen und sich erkundigten, was denn geschehen sei.

Als sie den Wichtel ohne Kappe sahen, erkannten sie sofort, welch großes Unglück sich ereignet hatte. Wenn auch fast ein jedes von ihnen schon einmal von Boris geärgert worden war, so hatten sie dennoch Mitleid mit dem armen Wichtel. Und nachtragend sind die Tiere nicht im geringsten.

»Ich glaube«, sagte der Mistkäfer, »wir müssen ihm helfen.«

»Ganz meine Meinung«, nickte der Pillendreher. »Irgendwo werden wir die Mütze doch finden, sie kann doch nicht spurlos verschwunden sein.«

»Laßt uns alle zusammen helfen«, sprach der Hase Löffelmann. »Eine rote Mütze im Wald, die fällt ja auf wie eine Mohrrübe am blauen Himmel, oder etwa nicht?«
»Ja, ja«, sagte der Maulwurf. Aber der ist farbenblind.
»Keine Bange Boris, wir werden deine Kappe schon wieder finden. Den Kopf hoch«, sagte Löffelmann und klopfte Boris auf die Schulter.

So machten sich alle auf die Suche nach der verlorenen Mütze.
Unter jedem Busch wurde nachgeschaut; jedes Gestrüpp wurde sorgfältig durchsucht; Steine wurden gewendet; der Frosch Frolo tauchte sogar in die Tiefe des Baches — aber vergeblich, von der Mütze fanden sie keine Spur.

Der Specht bohrte nun alle Bäume an — aber was zu viel ist, ist zu viel: Wie in aller Wichtel Namen soll man eine Mütze im Innern eines Baumes verlieren?

Da scheint es schon lohnender, im Nest der diebischen Elster Elvira nachzusuchen.

Die aber hob die Flügel und setzte ihr unschuldigstes Gesicht auf.
»Ich weiß von nichts, ich bin unschuldig, und ich habe sogar ein Alibi für die Tatzeit«, beteuerte Elvira, die schon unzählige Kriminalromane gelesen hatte.

Dann aber fanden die Mützensucher doch noch eine Spur. Familie Eichhörnchen war nämlich unterwegs, um Tannenzapfen und Bucheckern zu sammeln.
Die Mutter stellte ihren schweren Korb ab und kratzte sich amKinn.
»Moment einmal«, sagte die Frau Eichhorn.
»Vorhin sind wir unter dem Nest der Krähen vorbeigekommen. Da oben herrschte aufgeregtes Krächzen, und wenn ich mich recht erinnere, dann fiel auch einmal das Wort: Mütze.«

»Aha«, sagte die Haselmaus, »die Krähen. Dann wollen wir einmal dort nach dem rechten sehen.«

Die Krähen wohnten auf dem höchsten Baum im Wichtelwald, weil sie sich für etwas Besseres hielten, als die anderen Tiere im Wald.

Die anderen aber sagten: »Die Krähen stehlen wie die Raben, und rote Mützen klauen sie am liebsten.«

Das war freilich auch etwas übertrieben, aber in jedem Fall genossen die Krähen einen schlechten Ruf.

Als die Mützensucher schließlich unterm Krähenhaus angekommen waren, da flüsterte der Igel Pigel: »Hört nur, wie sie dort oben herumkrächzen und schnabeln. Das ist verdächtig, höchst verdächtig, so wahr ich Sherlock Pigel heiße.«

Die Mützenjäger berieten sich, was zu tun sei. Zuerst einmal sollte das Rotkehlchen zu einem Erkundungsflug starten.

Das Rotkehlchen flatterte nach oben und umkreiste das Krähennest in sicherem Abstand drei Mal.

Als es wieder gelandet war, sagte es: »Tut mir leid, ich konnte nichts Genaues erkennen. Aber die Krähen haben mich zornig angeschrien — ich glaube schon, daß sie etwas verheimlichen.«

»Wir müssen die Krähen vom Nest weglocken«, sagte der Igel.

Das hielten alle für einen guten Vorschlag, und so stieg das Eichhörnchen den Baum hinauf. Beim Nest angekommen, sagte es zu den Krähen:
»Wißt ihr was, dort hinten bei der Fichte, da liegen vierundzwanzig rote Zipfelmützen. Wenn ihr sie haben wollt, dann solltet ihr euch mal beeilen.«

Die Krähen mögen einen schlechten Ruf haben, aber auf einen solch plumpen Trick fallen sie gewiß nicht herein.

»Hau ab, du blöder Eichelmopser!« schimpften sie. »Du willst uns wohl hier weglocken, damit du in aller Ruhe unser Nest ausrauben kannst? Verschwinde schnell, sonst wirst du unsere Schnäbel kennenlernen, du kleiner Lümmel.«

Die Krähen näherten sich und klapperten so drohend mit ihren Schnäbeln, daß es dem Eichhörnchen nicht ratsam schien, länger zu verweilen.

So kehrte das Eichhörnchen unverrichteter Dinge zur Erde zurück. »Boris, ich glaube du mußt selber hinaufsteigen. Vielleicht haben die Krähen vor dir mehr Respekt als vor mir.«

Boris hatte zwar Angst, so hoch hinauf in den Wipfel zu klettern, aber schließlich stand seine Mütze auf dem Spiel, da mußte er seine Angst vergessen.

Vorischtig griff Boris nach dem untersten Ast, von dort aus hangelte er sich Stück für Stück nach oben, höher und höher.

Endlich hatte er das Krähennest erreicht.
»Was willst denn du hier? Wir haben dich nicht eingeladen«, krähten die schwarzen Vögel.

»Ihr müßt mir meine Mütze zurückgeben — ohne sie bin ich verloren!« flehte Boris.

Aber die Krähen verspotteten ihn nur: »Seht nur, wie kleinlaut der Wichtel heute ist. Sonst hat er nur Bosheiten im Sinn, und jetzt flennt er wie ein kaputter Wasserhahn. Und jetzt verschwinde, wir haben deine blöde Kappe nicht!«

Die Krähen flatterten wütend mit ihren Flügeln, und Boris hielt sich einen Arm schützend vors Gesicht, dabei verlor er den Halt — er rutschte — und er stürzte wie ein Stein in die Tiefe.

Glücklicherweise war der Boden moosweich, und so blieb Boris unverletzt; nur sein linkes Hinterteil schmerzte ein wenig.
Aber das war nicht weiter schlimm. Wenn er seine Mütze nicht wiederfinden würde: das wäre schlimm!

Die Krähen kicherten schadenfroh von oben herab:
»Geschieht dir ganz recht, du kleiner Bösewicht. Deine Kappe kannst du in Amerika suchen und hoffentlich findest du sie nie!«

Die Mützenjäger saßen stumm im Gras und wußten sich keinen Rat. Wo sollte man denn jetzt noch suchen?

Schon schien es, als müßten sie die Suche aufgeben, da senkte sich von oben ein Schatten über sie. Es war die weiße Krähe Krux.

Krux war nicht wie die anderen Krähen und wurde deshalb von ihren Artgenossen verachtet und gemieden. Sie lebte allein und war stets hilfsbereit.
Krux sagte: »Kopf hoch, hört' mal her!«
»Hallo Krux«, sagte Löffelmann.
»Na, ihr«, antwortete die weiße Krähe. »Ihr seht ja aus, als hätte man euch die Suppe ordentlich versalzen!«

»Wenn's nur eine versalzene Suppe wäre«, seufzte Boris, »die würde ich mit Freude auslöffeln. Aber wenn ich meine Mütze nicht mehr finde, dan wird mir nie mehr eine Suppe schmecken können.«

Krux wußte aber bereits, was vorgefallen war; denn die weiße Krähe sieht alles. Sie sagte: »Krox, der Krähenkönig, hat die Zipfelmütze zwar gestohlen, das ist wahr. Aber er konnte sich seiner Beute nicht lange freuen. Denn als er sie eben in den Schnabel genommen hatte, da sprang der Räuber Fuchs hinter einem Baum hervor. Wenn dieser Halunke nicht damit beschäftigt ist, friedliche Hühner zu erschrecken, dann treibt er sein Unwesen im Wald und er kennt keine Angst, niemals und vor nichts und niemand. Krox ist zwar eine große Krähe, aber mit dem Fuchs kann auch er es nie und nimmer aufnehmen.«
Der Fuchs schrie »Hände hoch, das ist ein Überfall!« und Krox ließ vor Schreck die Mütze fallen. In diesem Fall verzichtete er gerne auf die Mütze, wenn er nur sein Krähenleben retten konnte. Der Fuchs aber schnappte sich die Mütze und verschwand. Aber, wie ein jeder weiß:

Diesen Schurken interessiert letztlich nur das, was man essen kann. Eine Wichtelmütze aber schmeckt nicht, auch wenn man ein Pfund Salz und Pfeffer darüber streut.«

»Weiter, weiter!« drängte Boris. »Was hat er dann mit der Mütze gemacht?«

»Nun«, sagte Krux, »er hat sie einfach in den Tümpel unten am Vogelbeerstrauch geschleudert.«
»Dort wo Glitsch, der Froschkönig lebt?«
»Genau dort. Ich sah noch, wie die Mütze langsam im trüben Wasser versank.«

»Ich kenne den Ort«, sagte Frolo und blähte seine Backen auf.« Das Wasser ist nicht sehr tief — kein Problem für solch einen hervorragenden Taucher wie mich.«

»Dann nichts wie los!« riefen alle gleichzeitig. »Dieses Mal müssen wir Erfolg haben«.

Sie sprangen auf und lachten, plötzlich hatten alle wieder neuen Mut und neue Kraft.

»Was für ein Glück«, sagte Boris erleichtert, »daß der Fuchs keine Mützen ißt; sonst wäre jetzt mein Unglück endgültig.«

»Jetzt aber bleibt uns die Hoffnung«, säuselte die Fliege und drehte übermütig einen Looping.

»Respekt, meine Hochachtung, Frau Fliege«, sagte die Libelle. »Ich wußte gar nicht, daß sie ein solcher Flugkünstler sind.«

»Ach, das war ja nur eine kleine Kostprobe«, hauchte die Fliege und senkte verschämt ihre Augenlider. »Soll ich vielleicht...«

»Nein, nicht jetzt«, mischte sich der Maulwurf ein. »Das kannst du uns auch ein anderes Mal vorführen. Erstens habe ich meine Brille nicht dabei, und zweitens haben wir nun Wichtigeres zu tun: Wir müssen den Froschteich erreichen, bevor es dunkel wird; immerhin sind es 623 Meter bis dort hin.«

Jawohl, der Maulwurf hatte recht, man durfte keine Zeit verlieren. Mit schnellen Schritten machten sich die Mützenjäger auf den Weg.

Das Eichhörnchen trug die Schnecke auf dem Arm, denn diese war vom bisherigen Marsch schon so erschöpft, daß sie sich kaum noch auf den Beinen halten konnte.

Boris humpelte leicht, denn beim Sturz vom Krähenbaum hatte er sich, ohne es gleich zu merken, den Knöchel verstaucht. Aber wenn es um die Wurst geht, ich meine: die Mütze, dann sind alle Wehwehchen schnell vergessen, dann zählt nur noch das Eine: Man muß sein Ziel schnell erreichen, denn wer zu spät kommt, der kommt zu spät.

Bald war das Ziel in Sicht, und Frolo sagte:
»Seid bitte leise; denn wenn wir den Froschkönig aus dem Mittagsschlaf reißen, dann wird er sauer wie das Kraut und verbietet mir vielleicht, in seinem Tümpel zu tauchen.«

Zwar hielt Glitsch keineswegs sein Mittagsschläfchen, aber dennoch machte er ein mißmutiges Gesicht und schnauzte die Besucher an, sobald er sie entdeckt hatte:
»Was wollt ihr denn hier, ihr Tölpel und Blödiane?«

Mit einem derart freundlichen Empfang hatte niemand gerechnet und deshalb brachte auch keiner ein Wörtlein heraus.

»Was glotzt ihr denn, als könntet ihr nicht bis eins zählen?« plärrte der Frosch.

Erst nach zwei langen Weilen getraute sich Frolo etwas zu sagen:
»Hoch geschätzter Herr König Glitsch...«

»Schnauze!« brüllte Glitsch. »Ich habe mich vorhin sehr geärgert. Da sitzt mir eine dicke, fette Schmeißfliege direkt vor der Nase — ich strecke meine Zunge ganz langsam nach ihr aus — und anstatt sich von mir fressen zu lassen, ergreift das freche Luder die Flucht!«

»Das tut mir aber leid«, heuchelte Frolo, aber Glitsch unterbrach ihn sogleich.
»Papperlapapp. Das ist eine Frechheit! Die Fliegen sollen sich fressen lassen, wie es sich gehört, ja wo kommen wir denn da hin, ja wer sind wir denn?«

Weil die Mützenjäger mit dem tyrannischen Froschkönig Mitleid heuchelten, verrauchte sein Zorn langsam.

Als Glitsch wieder ganz ruhig war, fragte Frolo, ob er des Wichtels Mütze gesehen habe.

Da lachte Glitsch grimmig:
»Natürlich habe ich dieses häßliche Ding gesehen. Der blöde Fuchs hat es ja vor meinen Glupschaugen im Tümpel versenkt.«

Boris atmete tief durch und fragte dann:
»Herr König, dürfte mein Freund Frolo vielleicht auf den Grund Ihres wunderschönen Tümpels tauchen?«

Glitsch verschränkte seine Arme vor der Brust, lachte hämisch und sagte:
»Das kannst du dir abschminken, Bürschchen. Bist du nicht dieser freche Wicht, der stets nur Schabernack aussinnt?«

Nach langem Reden und Bitten erklärte sich König Glitsch dann doch bereit, die Mütze herzugeben, allerdings nur unter einer Bedingung:
»Ihr bekommt die Kappe, wenn ihr mir den rechten Schuh bringt, den Aschenputtel beim Ball des Königssohnes trug.«

»Aber wo sollen wir denn Aschenputtels Schuh finden?« jammerte Boris, doch der König blieb hart: »Ich habe nicht behauptet, daß es leicht ist, Aschenputtels Schuh zu finden — aber ohne Schuh keine Kappe, und damit basta!«

Mit gesenkten Köpfen schlichen die Mützenjäger davon: Zwar war die Mütze gefunden, aber jetzt ging die Suche erst richtig los.
Ziellos irrten die Suchenden im Walde umher. Doch wen sie auch um Rat fragten: Wo Aschenputtels Schuh verborgen war, das wußte niemand.

Von Minute zu Minute wurde nun auch die Schar der hilfreichen Tiere kleiner. Die Schnecke war es nicht gewohnt, solche großen Strecken zurückzulegen und klagte schon seit einiger Zeit über Muskelkater.

Die Maus hatte sich den großen Zeh an einer Baumwurzel angeschlagen und brauchte kalte Umschläge.

Da Eichhörnchen mußte unbedingt nach Hause, die Vorräte stapeln; schließlich stand der Winter vor der Tür.

Der Dompfaff gab an diesem Abend ein Konzert in der Stadt, und wenn er nicht zu spät kommen wollte, dann mußte er jetzt losfliegen.

Der Frosch jammerte über seine ausgetrocknete Zunge und mußte schnellstens einen Teich aufsuchen.

So blieben zuletzt nur noch Löffelmann, der Hase; Krux, die weiße Krähe, und natürlich Boris selbst übrig.

Es dunkelte schon, als sie am großen Waldsee ankamen.

»Es hat alles keinen Sinn«, sagte Boris und sank müde ins Gras. »Ich werde wohl nie wieder ins geliebte Wichtelreich zurückkehren können.«

»Du darfst die Hoffnung nicht aufgeben«, sagte Löffelmann, aber sehr überzeugt klang er auch nicht.

Die drei saßen am Boden, und bald redete keiner mehr ein Wort. Was sie aber nicht wußten, war folgendes: Aus ihrer in der Nähe gelegenen Wohnung hatte die Rehmutter Graziella das Gespräch zwischen Boris und Löffelmann belauscht.

Jetzt näherte sich Graziella und sagte mit sanfter Stimme: »Ich habe von deinem Unglück gehört, kleiner Wichtel. Vielleicht gibt es aber doch noch eine Möglichkeit zur Rettung. Hier im Walde lebt einer, der alles weiß und jedermann kennt. Wenn der keinen Rat weiß, dann weiß niemand einen Rat.«

»Wen meinst du, liebe Graziella?« fragte Boris, der plötzlich wieder neue Hoffnung schöpfte.

»Ihr kennt ihn alle: Es ist der alte, weise Uhu Patteks!«

»Ach der«, riefen alle im Chor.

»Ja, der. Bis Mitternacht könnt ihr ihn gefunden haben. Um diese Zeit steht er gewöhnlich auf und wird euch gerne Auskunft erteilen.«

Boris, Löffelmann und Krux bedankten sich bei Graziella, atmeten dreimal tief durch und marschierten los.

Genau um Mitternacht erreichten die drei die alte Eiche, auf der Patteks wohnte.

Patteks hatte gerade sein Frühstück beendet, und seine großen gelben Augen funkelten munter in der schwarzen Nacht.

»Sieh an«, sprach der weise Vogel. »Ein Besuch um Mitternacht. Ich möchte wetten, euch liegt ein großer Stein auf dem Herzen.«

»Da hast du wahrlich recht«, sagte Boris leise.

»Sag mal mein Kleiner, bist du nicht dieser Wichtelschelm, der den armen kleinen Tieren immer solche bösen Streiche spielt?«

Boris zog den Kopf zwischen die Schultern und murmelte kaum hörbar:
»Hmmmh, na ja...«

»Ah, nun sehe ich wie der Hase läuft,« sprach der Uhu. »Du hast also deine rote Kappe verloren, und nun ist der Jammer groß. Ja, ja, so geht es den bösen Buben.«

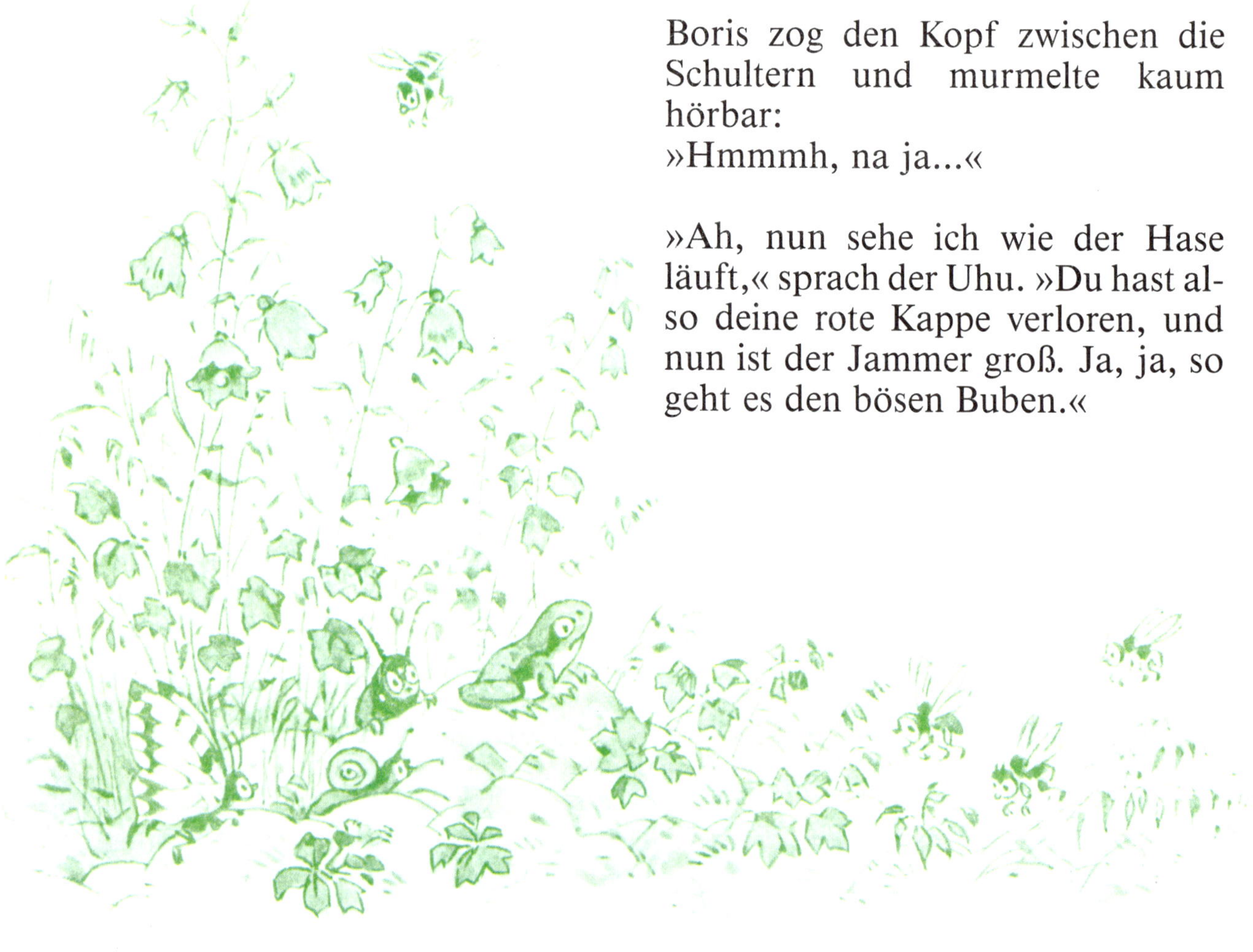

»Ach Herr Patteks«, mischte sich Krux ein, »freilich ist der Kleine ein Frechdachs; aber ich denke, er wird aus dieser Geschichte etwas lernen. Ich weiß zwar nicht was; aber es ist allemal eine zu harte Strafe, wenn so ein kleiner Wichtel nicht nach Hause zurückkehren dürfte.«

»Vielleicht hast du ja recht«, sagte Patteks. »Laßt mich mal streng überlegen.«

Und da schloß der Uhu seine Augen, steckte den Schnabel ins Gefieder und rührte sich nicht mehr — sieben Minuten lang. Dann hob er bedächtig den Kopf und begann zu sprechen:

»Glitsch dieser Halunke, will also von euch Aschenputtels rechten Schuh haben. Das hat er sich fein ausgedacht. Aber — er soll seinen Schuh bekommen!«

Kaum hatte er das gesagt, begann der Uhu langsam und mit tiefer Stimme laut einen Zaubervers zu murmeln:

Erdbeerkäse — Himbeerwurst,
kleiner Hunger — großer Durst,
Rattenzahn und Kakadu,
Wo ist Aschenputtels Schuh?
Nußkrokant und Marzipan.
Ach! Am Aste hängt er dran.
Am Tannenbaum mit 19 Ästen,
gleich nebenan im Nordsüdwesten!

»Ah!« rief Löffelmann. »Den Baum kenne ich, das ist gleich um die Ecke!«

»Natürlich!« bestätigte Krux. »Den Baum kennt doch jedes Kind, den finden wir in Nullkommanix.«

»Danke tausendmal!« rief Boris, »das werde ich dir nie vergessen!«

Und schon machten sie sich auf den Weg. Löffelmann hatte nicht zu viel versprochen: Bereits nach einer halben Stunde erreichten sie ihr Ziel, den Tannenbaum mit den neunzehn Ästen.

Und siehe da, Wunder über Wunder: Am obersten Ast hing Aschenputtels rechter Schuh!

Krux schwang sich in die Höhe, pickte den Schuh vom Ast und brachte ihn auf die Erde.

Freilich war jetzt nicht der Zeitpunkt zum Feiern.

Boris klemmte sich den Schuh unter den Arm und rannte so schnell es ging zum Tümpel des Froschkönigs. Dieser verspeiste gerade schmatzend eine Mücke und war deshalb halbwegs gut gelaunt.

»Na, du Wichtel, hast du den Schuh schon gefunden?« fragte Glitsch grinsend, denn er hatte niemals im Ernst geglaubt, daß irgendjemand tatsächlich einen Märchenschuh auftreiben könnte.

Da könnt ihr euch sicher sehr gut vorstellen, wie das grüne Froschgesicht des Königs bleich und bleicher wurde, als ihm Boris den geforderten Schuh vor die Nase hielt.

»Das ist doch... ja wie ist das mögl... ja ist denn das...« stammelte der Grünling, und seine Augen wurden groß wie Autoreifen mit Schneeketten.

»Da staunst du was, du uralter Frosch!« sagte unser Boris triumphierend.

Glitsch nickte nur stumm. — Wenigstens war der Froschkönig ein Ehrenmann und löste sein Versprechen ohne neue Bedingungen ein. Er tauchte höchstpersönlich in seinen Tümpel hinunter, und als er wieder auftauchte, hielt er die gesuchte rote Kappe in seiner Hand.
»Hier hast du«, sagte Glitsch.
»Hier nimm«, sagte Boris.
Und damit hatte jeder, was er sich gewünscht hatte.

Alle waren froh und am meisten natürlich Boris, der sich die Kappe sogleich auf den Kopf setzte: Selbst mit einer nassen Wichtelkappe fühlt man sich besser als ohne.

Boris bedankte sich noch drei Mal bei seinen treuen Helfern, bevor er im Sauseschritt heim ins Wichteldorf eilte.

Als Boris auf dem Heimweg dem Salamander begegnete, rief er aus alter Gewohnheit: »Vorsicht! Hinter dir... äh... entschuldige bitte... es ist nichts, keine Angst.«

Er schenkte dem Salamander zwei Himbeeren und setzte seinen Heimweg fort. Nicht einmal die frischgereinigten Bettücher im Igelgarten konnten ihn auf dumme Gedanken bringen. Anscheinend hat Boris doch etwas dazugelernt.

Uli Brummkes schönste Reise

Erinnert ihr euch noch an Uli Brummke, den freundlichen Teddybären?

Das war der, der mit Tina und Florian ins Land der Wichtel reiste. Die Wichtel mußten oft an den netten Brummbären denken, der so ungeheuere, lange Sätze aussprechen konnte.

Eines schönen Tages unternahm der Wichtel Nurmi einen Ausflug, der ihn über die Grenze des Wichtelreiches hinaus führte.

Nurmi war ein ausdauernder Läufer und stieß mühelos weit in die Welt der Menschen vor.

Plötzlich aber entdeckte er auf einer Wiese einen Holzwagen, vor dem ein Holzpferdchen angeschirrt war.

Und in dem Wagen saß — ja, was glaubt ihr, wer da saß? — Genau: Uli Brummke, der Teddybär.

Er schien zu schlafen, jedenfalls bewegte er sich nicht, und sein Kopf war leicht nach vorne geneigt.

Gleich nebenan schnatterte eine ganze Herde Gänse aufgeregt durcheinander, und der Hahn kikeriekiete mitten am hellichten Tag, als könnte er damit einen Preis gewinnen.

Ein Frosch quakte der Welt sein Leid, und eine Grille zirpte in den höchsten Tönen — aber den Bären Uli schien das alles nicht zu stören.

»Der hat wirklich einen gesunden Schlaf«, dachte Nurmi, als er sich näherte. Er zupfte Uli vorsichtig an der Nase und rief:
»Hallo, Teddybär, Schlafmütze!«

Da öffnete Uli die Augen und blinzelte schläfrig ins Sonnenlicht. Plötzlich aber erkannte er, wer ihn geweckt hatte.

»Grüß Gott, habe die Ehre, Herr Wichtel. Was machen die Geschäfte, wie geht's der werten Gattin?« sagte Uli lächelnd und richtete sich auf.

»Alles klar wie Fensterscheiben im April«, sagte der Wichtel vergnügt und reichte dem Teddybären seine kleine Hand zum Gruß.

»Ach Wichtel, wenn du wüßtest, wie langweilig es hier ist«, klagte Uli. »Jetzt zum Beispiel: Die Kinder sind beim Mittagessen und mich haben sie in der prallen Mittagssonne sitzen gelassen. Da kann ich in meinem Fell verschmoren, das kümmert scheinbar niemanden.

Hier bei den Menschen bin ich nur ein Spielzeug. Wenn ich einmal alt bin, werfen sie mich im hohen Bogen auf den Müll.«

»Aber wer wird denn bei dem schönen Wetter solche traurigen Sachen denken«, sagte Nurmi da kopfschüttelnd.

»Aber wenn's doch wahr ist«, erwiederte der Bär hartnäckig.

»Bei euch im Wichtelreich, da lebe ich richtig auf, da kann ich plötzlich sprechen und gehen — ah, das ist schön, schön ist das.«

»Ja wenn das so ist«, erklärte Nurmi, »dann komme doch einfach mit. Heute abend bringe ich dich wieder nach Hause zurück.«

Das war ein Vorschlag so richtig nach Ulis Geschmack, und ohne lange zu zögern brachen sie auf. Nurmi flüsterte dem Holzpferdchen ein geheimes Zauberwort in sein Holzohr. Sogleich begann das Tier mit den Hufen auszuschlagen und laut zu wiehern.

Die Gänse glotzten, der Hahn rieb sich verwundert die Augen, und der Frosch verdrehte die seinigen, als das Holzpferdchen munter zu laufen begann und den Wagen hinter sich herzog.

»Heissa hureissa!« johlte der Spielzeugbär, und Nurmi ging schmunzelnd dem Wagen voraus.

Der Bär machte es sich gemütlich in seiner Kutsche, er klatschte mit den Pfoten und sang fröhliche Bärenlieder. Dabei verging die Zeit unmerklich, und ehe sie sich versahen, befanden sie sich schon im Wichtelwald, ganz nahe beim Wichteldorf.

Die Tiere hatten mittlerweile längst gewittert, was da für ein seltener Gast nahte.
Löffelmann der Feldhase winkte den Vorbeiziehenden mit einer Mohrrübe zu. Die Rotkehlchen pfiffen und trillerten zur Begrüßung, so laut sie konnten, und der Maulwurf hüpfte als blinder Passagier zu Uli auf den Wagen.

Bald tauchten die ersten Wichtel aus dem Unterholz auf.
»Willkommen Uli!« riefen sie.
»Einen wunderschönen guten Tag, wünsche wohl geruht zu haben und Prost Mahlzeit«, sagte Uli und winkte aus seinem Wagen, wie ein König bei einem Staatsbesuch.

Das Holzpferdchen war inzwischen müde geworden. Schließlich war es das erste Mal in seinem Leben, daß es sich bewegen konnte wie ein richtiges Pferd. Kein Wunder, daß dem Pferdchen nun die Fesseln und Hufe schmerzten.

Einer der Wichtel hatte Erbarmen und trug das Tierchen auf seinen Armen weiter, während zwei andere Wichtel sich vor den Wagen spannten.

Wenige Minuten später war das Ziel der Reise endlich erreicht. »Du kommst gerade recht«, sagte Nurmi zu Uli. »Denn heute feiern wir das Baumfest. Da bedanken wir uns bei den Bäumen dafür, daß sie uns im Sommer vor dem Regen und im Winter als Brennholz vor der Kälte schützen.«
Von Baum zu Baum und von Ast zu Ast waren bunte Girlanden gespannt, an denen Lampions in allen möglichen und unmöglichen Farben baumelten.

»Herzlich willkommen, Uli Brummke!« riefen alle, und: »Hoch soll er leben, fünfmal hoch!«
»Äh, wieso, wenn ich mal fragen darf, wieso fünfmal?«

Das hatten sich die Wichtel freilich gar nicht so genau überlegt. Taumi aber fand für alles eine Erklärung: »Die Fünf ist nun mal die schönste Zahl von allen. Außerdem hat jede Hand fünf Finger und jede Fuß fünf Zehen; und schließlich gibt es die fünf Himmelsrichtungen: Norden, Süden, Westen, Osten und Oben.«
»Bravo!« riefen die Wichtel, und Boris meinte: »Dann ist es doch sehr gut, wenn ich in der Schule immer nur Fünfer schreibe!«

Bei aller Heiterkeit hätten die Wichtel fast das Holzpferdchen vergessen, das müde in einer Ecke stand und sich nicht mehr rührte.

Ein Glück, daß der Igel Pieks sich um das Pferdchen kümmerte. Er gab ihm einen ganzen Krug mit prickelnder Silberdistelbrause zu trinken. Das Gebräu wirkte so erfrischend, daß sich das Pferdchen auf die Hinterbeine stellte und vor Wohlbehagen durch die Nüstern schnaubte.

Uli Brummke hatte inzwischen den Festplatz verlassen, um sich ein wenig in der näheren Umgebung umzusehen.

Bei seinem Spaziergang begegnete er einer Biene, die einen winzigen Eimer bei sich trug.
»Potzblitz und Rübenkraut!« sagte Uli. »Wo eine Biene ist, da sind sicherlich auch viele Bienen. — Und wo viele Bienen sind, da ist auch Honig!«

Spielzeugbären sind zumeist sehr verwöhnt. So wissen sie zwar, wie süß und zart der Honig schmeckt, aber von den Stacheln der Bienen haben sie noch nichts gehört, weil es im Kinderzimmer eben keine Bienen gibt.

So kam es wie es kommen mußte: Kaum hatte Uli Brummke seine Nase in das Bienenhaus gesteckt, da schwärmten die wahrhaften Honigmacher heraus und griffen den verdutzten Bären an. Sie verfolgten ihn, bis er sich keuchend in ein kühles Bächlein stürzte. Er blieb so lange unter Wasser, bis den Bienen das Warten zu langweilig wurde und sie sich zurückzogen.

Ein patschnasser Uli humpelte eine halbe Stunde später ins Wichteldorf zurück.

Die Wichtel bedauerten zwar sein Mißgeschick, vergaßen aber auch nicht, den neugierigen Bären zu tadeln.

»Du darfst die Bienen nicht erschrecken. Wenn du sie höflich fragst, dann werden sie dir immer einen Fingerhut voll Honig abgeben.«

»Einen Fingerhut!« dachte Uli, was soll ich denn mit einem Fingerhut

voll Honig? Ein großer Bär wie ich braucht mindestens einen halben Eimer.«
Während Uli noch seinen Honiggedanken nachhing, hatten die Wichtel ihre Kegelbahn aufgebaut.
»Wer alle Neune trifft, der bekommt als Preis eine besonders einfarbige Feder vom Eichelhäher!« rief der Wichtelbürgermeister und eröffnete den Wettkampf!

Wer errät den Sieger? Na? —
Richtig! Uli Brummke, der Bär mit den kräftigen Oberarmen, war im Kegeln nicht zu schlagen.

Vielleicht ist es aber auch so, daß die Wichtel ihn nur gewinnen ließen, damit er den Angriff der Bienen leichter verschmerzen konnte; oder, daß der Bär einfach eine schöne Erinnerung an den Nachmittag im Wichteldorf mit nach Hause nehmen konnte.

Wie es auch sei, Uli Brummke freute sich sehr über den Siegerpreis und hielt ihn stolz in seinen Tatzen. Mit hoch erhobenem Kopf tapste er durchs Dorf, damit auch jeder erfuhr, wer der größte Kegelbruder im Wichtelland sei.

Ein altes Sprichwort aber sagt: »Hochmut kommt vor dem Fall.« Wie wahr das ist, das mußte auch der Bär erleben. Als nämlich die Wichtel dem Sieger Beifall klatschten, schloß Uli die Augen, um die Jubelgeräusche besser genießen zu können. Trotzdem stolzierte er weiter durchs Dorf, bis es plötzlich nicht mehr weiter ging: Er klebte mit seinem Hinterteil irgendwo fest! Er zog und zerrte, er rückte und drückte, aber er kam nicht mehr frei.

»Was ist denn das?« rief er mißmutig, als Nurmi herbeieilte.

»Oh jeh, oh jeh, wie konnte das passieren? Du bist im Netz der Kreuzspinne gefangen!«

»Hiiiilfe!« schrie Uli, »die Spinne will mich fressen — mit Haut und Haaren!«

»Rede keinen Unsinn«, erwiderte Nurmi. »Erstens bist du nicht aus Haut und Haaren, sondern aus Stoff und Zwirn. Zweitens will dich die Spinne gar nicht fressen, weil ihr Bären überhaupt nicht schmecken.«

Mit einem heftigen Ruck befreite Nurmi den Bären aus dem klebrigen Netz.

»Tut mir leid, Spinne. Das Netz ist leider zerrissen.«

»Tja«, seufzte die Spinne, »mit diesen Spielzeugbären hat man nichts wie Ärger.«

Uli Brummke schämte sich ein wenig, weil er sich so ungeschickt und feige angestellt hatte. Aber er tat nun genau das Falsche: Er schloß die Augen, weil er dachte, dann könne ihn niemand mehr sehen und auslachen.
Tatsächlich aber war es so, daß Uli nun der einzige war, der nichts mehr sehen konnte. Er sah nicht, daß die Blumen blühten, er sah nicht, daß die Sonne strahlte; und vor allem sah er nicht, daß Frosch, Igel, Maus und Maulwurf ein Wettrennen veranstalteten.
Eben kamen sie aus einem Gebüsch hervorgestürmt.

Als sie Uli mitten auf der Rennstrecke entdeckten, da war es schon zu spät; und Uli sah sowieso überhaupt nichts.

Es gab einen kurzen, aber heftigen Knall. Uli stürzte und fiel auf den Rücken, der Igel krachte gegen einen Baum, Maulwurf und Maus schlugen mit den Köpfen zusammen und quiekten vor Schmerz, und...

»Was ist denn das für ein gräßlicher Lärm da unten? Seid ihr von Sinnen? Wie oder was? Noch einen Mucks, und ich werde sehr, sehr böse, ist das klar, Winzlinge?«

Was war denn das für ein ungehobelter Poltergeist? Ach ja, das war die Eule Furio. Sie war bekannt für ihre Wutausbrüche, und ihre scharfen Krallen waren gefürchtet. Wenn Furio zornig war, dann machte man sich am besten still und leise aus dem Staube.

Das taten denn auch die Wichtel und ihre Freunde. Auf Zehenspitzen schlichen sie davon.

»Wie kann man nur so ekelhaft sein«, dachte Uli und schüttelte den Kopf. Dabei stieß er an einen Ast, und sogleich zischte Furio: »Ruhe!!«

Ein Glück nur, daß es hier nicht allzuviele solcher Griesgrame gab; sonst würde sich das Leben der Wichtel ja kaum von dem der Menschen unterscheiden.

Auf jeden Fall war es klüger, die Eule in der nächsten Zeit nicht mehr zu reizen.

Aber was gibt es denn für Spiele, bei denen kein Lärm entsteht? Meistens macht doch gerade das Lärmen den größten Spaß!

Man könnte natürlich Papierflugzeuge basteln. Die gleiten lautlos durch die Luft — aber dann schreit wieder einer:
»Meines fliegt am schönsten!«
— und schon ruft der nächste:
»Nein, meines fliegt viel schöner!«
und da haben wir wieder den Salat, das heißt: den Lärm und das Geschrei, das Keifen und Streiten.

Man könnte sich auch hinlegen, schlafen und Abenteuergeschichten träumen. Das macht zwar keinen Lärm, geht aber auch nur, wenn man richtig müde ist.

»Kennt denn niemand von euch ein Spiel ohne Nebengeräusche?« fragte der Wichtelbürgermeister leise.

Alle schüttelten den Kopf, nur klein Manni meldete sich:
»Wir könnten Fingerkino spielen!«

»Finger — was?«, fragte Uli.

Und dann zeigte Manni den anderen, was Fingerkino ist:

Man stellt eine Lampe so auf, daß ihr Licht auf ein weißes Bettlaken fällt. Dann stellt sich einer vor das Tuch und windet und verknotet die Hände so lange, bis auf dem Tuch ein Schatten entsteht, der wie ein Hase aussieht oder wie ein Elefant oder wie ein Hund oder wie... (—) was immer ihr euch vorstellen könnt.
So einfach ist das Fingerkino.

Aber weil die Spiele ganz ohne Krach und Radau auf die Dauer auch langweilig wurden, beschlossen die Wichtel, man dürfe sich nicht von der Eule einschüchtern lassen.

»Wenn es ihr nicht paßt, dann soll sie drei Bäume weiter fliegen, da ist es ruhig wie auf dem Friedhof!«

Also spielte man wieder Fußball und Verstecken, Weitsprung und blinde Kuh.

Mit verbundenen Augen über eine schmale Brücke zu gehen, das war besonders für Uli Brummke eine schwierige Aufgabe. Denn mit seinen Füßen aus Stoff konnte er nicht so gut spüren, wohin er tapste.

Plötzlich riefen die Wichtel: »Vorsicht! Vorsicht!« Aber sie konnten nicht mehr verhindern, daß Uli erneut ein unfreiwilliges Bad nehmen mußte.

Nachdem sie Uli aus dem Bach gefischt hatten, drückte ihm der Wichteldoktor eine heiße Wärmflasche auf den Kopf, damit er sich nicht erkältete.

Uli nieste zwar zwei Mal, aber eine wirkliche Erkältung kann ein Teddybär sowieso niemals bekommen.

Lange dauerte es freilich nicht, bis Uli wieder trocken und abenteuerlustig war.

Da traf es sich gut, daß Löffelmann und Rakete, die beiden Hasen, herausfinden wollten, wer der schnellere von ihnen wäre.

Die beiden kauerten bereits in ihren Startlöchern und warteten auf den Startschuß, als Uli die Hand hob.

»Da könnt ihr sicher zwei gute Jockeys gebrauchen«, sagte Uli und krabbelte auf Raketes Rücken, ohne eine Antwort abzuwarten.

Tulp, der Wichtel, schwang sich auf Löffelmanns Rücken, und Nurmi gab das Startsignal:

»Auf die Palätze — fafertig — los!« Und schon war das Rennen im Gange: Rakete setzte sich mit einem Blitzstart an die Spitze, aber Löffelmann ließ sich nicht abschütteln.

Nase an Nase rasten sie über Kraut und Rüben und durch Dick und Dünn. Die beiden Reiter wurden heftig durchgeschüttelt, und konnten sich nur mit letzter Kraft an den Ohren der Hasen festklammern.

Mit unvermindertem Tempo stürmten die Rennhasen dem Ziel entgegen — noch hundert Meter — noch fünfzig — jetzt noch der letzte Wassergraben — und hopp! Ein weiter Satz — ein hoher Flug — und platschplatsch! —

Was war geschehen? Hatte es Uli zum dritten Mal erwischt? — Aber nein,diesmal war es Tulp.

Während des Sprunges hatte der Wichtel das Gleichgewicht verloren. Die Ohren seines Hasen entglitten ihm, und er stürzte mit einem Salto mortale in den Bach.

Uli Brummke dagegen konnte sich auf seinem Hasen halten, und nun hoppelten sie als gefeierte Sieger durchs Ziel.

»Bravo Rakete! Bravo Uli!« riefen die Zuschauer.

»Vielen Dank für den Applaus«, sagte Uli Brummke, »besten Dank, meine Damen und Herren, alles Gute und ein frohes Weihnachten!«

Na ja, das müßt ihr verstehen: Bei dem halsbrecherischen Ritt auf dem rasenden Hasen war der Teddybär ordentlich gerüttelt und geschüttelt worden — kein Wunder, daß in seinem Kopf einiges durcheinandergeraten war.

Aber die Wichtel kennen gegen jede Krankheit ein geeignetes Mittel.

Der Wichteldoktor verordnete Uli kalte Umschläge und zwanzig Tropfen Herbstwind: das wirkt Wunder!

Und was ein richtiger Spielzeugbär ist, der erholt sich schnell wieder. Wenn ihm dann auch noch jemand den Vorschlag macht, man könnte mal eine Berg- und Talfahrt mit dem Holzwägelchen unternehmen, dann

ist der Bär im Nu völlig wiederhergestellt.

So sind sie nun mal, die Teddybären: Sie stürzen sich mit Todesverachtung von einem Abenteuer ins nächste.

Immerhin hat so ein Teddy einen unschätzbaren Vorteil gegenüber einem gewöhnlichen Lebewesen: Er kann sich keine Knochen brechen, weil er ganz mit Holzwolle ausgestopft ist. Das ist wirklich sehr praktisch.

Tulp hatte inzwischen seinen Sturz in den Wassergraben vergessen und wollte mit Teddy zusammen die Fahrt in der Holzkiste wagen.

Startplatz war der höchste Berg des Wichtelreiches, von wo aus eine Straße bis mitten ins Dorf hinab führte.

Die Straße war sehr lang und sehr steil. Berfauf benötigte man feste Bergstiefel, um nicht ins Rutschen zu kommen.

Bei solch steilem Gefälle, kommt es vor allem darauf an, daß man gute Bremsen hat. Bergauf sind alle Bremsen gleich gut; aber bergab, da zeigt sich der Unterschied.

Freilich sind schlechte Bremsen immer noch besser als gar keine, und Ulis Holzwagen hatte in der Tat keine Bremsen, nicht die Spur.
Die beiden Rennfahrer bemerkten das freilich erst, als es schon zu spät war.

Am Anfang hatten sie viel Spaß in ihrer Holzkiste. Der Wagen ratterte über den holprigen Weg, Tulp lenkte das Gefährt sicher durch die engen Kurven, der kühle Fahrtwind blies ihnen frisch ins Gesicht, und die Hasen, die ahnungslos durchs Grüne streiften, hüpften rechtzeitig aus dem Weg.

Langsam aber wurde die Geschwindigkeit größer und größer. Die Bäume am Wegesrand flogen wie Pfeile auf die Talfahrer zu; in den Kurven schleuderten sie mit ihrem Wagen bis an den äußersten Rand der Straße.

Und es ging immer schneller bergab. »Ein klitzekleinwenig langsamer, sehr geehrter Herr Tulp«, sagte der ahnungslose Teddybär, so höflich er konnte.

Tulp aber rief zurück: »Verdammt, verdammt, da bin ich ganz deiner Meinung, Herr Bär, aber was uns hier fehlt, das sind die Bremsääääääää...«

Wie eine Kanonenkugel krachte das Holzwägelchen auf einen Baum und die Rennfahrer wirbelten durch die Luft.

Den spitzen Schrei und das Splittern von Holz konnte man bis ans andere Ende der Wichtelwelt hören.

Wenn Uli zuvor beim Hasenrennen ein Sturz ins Wasser erspart geblieben war, so konnte er ihn diesmal nicht verhindern. Mit einem satten Bauchplatscher landete er in einem kleinen Tümpel, wo die Hechte gerade Karten spielten.

Welch ungebetener Gast wagte es, sie mitten im Eifer des Gefechts zu stören? Ungehalten über die Unterbrechung zwickten sie den Bären in die Tatzen.

Aber auch ohne diese unfreundliche Behandlung wäre Uli nicht länger im Wasser geblieben als nötig. Hier gerade reichte es ihm.

»Dreimal an einem Nachmittag ins Wasser fallen, das ist eindeutig zu viel«, sagte der Bär zerknirscht.

Tulp, der Wichtel, hatte sich bei dem Sturz die Ohren verrenkt und einige Haare gebrochen.

Das sind zwar keine schlimmen Verletzungen, aber sie bewirkten immerhin, daß Tulp die Lust auf weitere Abenteuer vergangen war:

Er nahm sich vor, heute nur noch solche Dinge zu erledigen, die völlig ungefährlich waren und sagte in bestimmtem Ton:
»Ich gehe jetzt heim, die Schuhe putzen«.

Zuerst aber mußten Uli und Tulp den zerbrochenen Holzwagen ins Dorf zurücktragen.

Aber nicht nur der Wagen war kaputt. Was viel schlimmer war: Des Teddys rote Weste war zerrissen!

»Auweiauwei, das wird ein Donnerwetter geben, wenn ich so nach Hause komme«, jammerte Uli.

Eine zerrissene Weste zu reparieren, war für den Wichtelschneider natürlich ein Leichtes.
Aber weil Uli Brummke die Herzen der Wichtel erobert hatte, entschloß sich der Schneider, dem Bären gleich ein neues Kleidchen zu schneidern.

Wenn man ein neues Kleidungsstück anprobieren will, so ist das immer ein besonderes Ereignis. Uli konnte es kaum erwarten und plapperte aufgeregt vor sich hin. Als es aber dann so weit war, und er sich im Spiegel betrachtete, da brachte er vor Freude kein Wort mehr über die Lippen.

Das neue Röckchen war azur, hatte einen schneeweißen Kragen und einen ebenfarbigen Gürtel. »So sehen die Stars im Fernsehen aus«, jubilierte Uli, und die Wichtel nickten.

Inzwischen hatte der Schreiner den Holzwagen repariert, und weil die Farbe des Pferdchens an einigen Stellen abgeblättert war, hatte er ihm gleich einen neuen Anstrich verpaßt.

Das Pferdchen strahlte vor Freude und peitschte mit seinem Schweif durch die Luft.

»Na, gutes Pferdchen«, sagte Uli Brummke. »Ich glaube, wir müssen uns langsam auf den Heimweg machen. So schön es hier auch ist, daheim werden sich alle Sorgen machen, wenn sie uns nirgends finden.«

»In Ordnung«, sagte der Wichtelbürgermeister, »was sein muß, muß sein. Aber bevor ihr aufbrecht, müßt ihr noch mit uns Kaffee trinken und Kuchen essen.«

Das müßte ein rechter Dummkopf sein, der ein solches verlockendes Angebot ausschlägt.

Da jedoch noch etwas Zeit blieb, bis der Kaffeetisch gedeckt war, schlenderte Uli ein letztes Mal ums Dorf. Dort draußen nämlich gab es manch Wunderliches zu entdecken.

Nach einer Weile des Herumstromerns fand er unter einer großen, baluen Akelei drei Eier. — Aber was war das für ein Klopfen?
Uli stellte seine Ohren auf Empfang und ging dem Geräusch nach. »In dem Ei muß jemand sein«, dachte er.
Gerade wollte er das Ei aufnehmen — Knickknack — da platzte die Eierschale auseinander und ein kleiner Piepmatz streckte ihm seinen spitzen Schnabel entgegen.

Einige Minuten stand der Bär starr vor Staunen. Plötzlich flog eine Biene, die ein Eimerlein mit Honig unterm Arm trug, um seinen Kopf herum.
»Wo eine Biene ist, da sind auch viele Bienen«, dachte der Bär.
»Und wo viele Bienen sind, da ist auch Honig.
Am besten ich folge ihrer Spur.«

Plötzlich stutzte Uli:
»Da war doch was, was war da nur?
Mir kommt es vor, als hätte ich das Ganze schon mal erlebt.«
So dachte Uli hin und her, während er der Biene folgte.

Als er dann den Honigduft roch, da waren all' seine Zweifel verflogen. Er schnupperte und leckte, bis er plötzlich wütendes Gebrumm hörte. Jetzt fiel dem Teddybären alles wieder ein, jedoch, es war zu spät.
Wie zuvor griffen ihn die Bienen an, er floh Hals über Kopf. Die Verfolger hefteten sich an seine Fersen und hetzten ihn, bis er schließlich wieder in das kühle Bächlein stürzte.

»Es ist doch zu dumm, wenn man alles vergißt, was einem zustößt«, schimpfte der Bär mit sich selbst. »Und mein schönes, neues Kleidchen ist pitschepatschenaß!«

Zum Glück war es nicht zerrissen, und als Nurmi alle zu Tisch rief, da war das hübsche Stück längst wieder getrocknet.

»Laß es dir schmecken, lieber Uli«, sagten die Wichtel, »und lang gehörig zu.«

Oh, wie schwer fiel es ihm, bei den vielen verschiedenen Speisen etwas auszuwählen!

Sollte er ein Stück Himbeertorte mit Sahnehäubchen essen? Oder lieber eine Schüssel mit grünem Wackelpudding? Vielleicht ein Stück von dem leckeren Bienenstich — oh nein! Bloß keinen Bienenstich, lieber eine doppelte Portion Löwenzahnquark mit Heidelbeersoße, und eine Schüssel Birkenmus mit viel Marzipan.

Weil die Entscheidung aber gar so schwierig war, entschloß sich Uli Brummke, einfach von allem etwas zu probieren.
So aß er, und er aß und aß, bis er sich fast nicht mehr bewegen konnte.

Der Wichteldoktor hatte jedoch auch für diesen Fall ein Mittelchen bereit: ein Gläschen Fliegenpilzschnaps fördert die Verdauung sehr, und bald fühlte sich der Bär wieder pudelwohl.

Zum Abschluß trat dann der Wichtelchor auf. Sie schmetterten drei Lieder zum Abschied in die Runde und Uli sagte:
»So einen schönen Nachmittag habe ich in meinem ganzen Leben noch nicht verbracht!«

»Gut!«, sagte Tulp. »Aber jetzt müßt ihr euch wirklich sputen. Die Sonne wird bald untergehn, und wie mir scheint, könnte es noch ein Gewitter geben.«

Tatsächlich zogen nun am Himmel schwarze Wolken auf, die nichts Gutes ankündigten.

»Schnell!! Schnell!!« drängte Uli, »Ich möchte nicht noch einmal naß werden, mir reicht's.«

Zwei Wichtel zogen den Wagen, in dem der Bär und das Pferdchen es sich gemütlich machten.

Unterwegs mußten sie noch eine Schrecksekunde überstehen, als nämlich hinter einer Hecke der Räuber Fuchs hervorlugte.

Die Wichtel sprangen schreiend ins Unterholz, um sich zu verstecken. Uli Brummke aber spielte mit Todesmut den starken Bären:
»Keinen Schritt weiter, Fuchs! Sonst mache ich aus deinem Fell eine

Handtasche mit extralangen Henkeln und 6 Druckknöpfen!«

Zum einen wußte der Fuchs gar nicht was eine Handtasche ist. — Zum anderen war er es nicht gewohnt, daß ihn jemand so frech anredete.

»Wer weiß«, dachte der Fuchs, »vielleicht sind die kleinen Bären ganz besonders gefährlich, da ziehe ich mich vorsichtshalber zurück.«

Nachdem sich also der Fuchs verzogen hatte, kehrten die Wichtel aus ihrem Versteck zurück, und die Heimreise konnte von nun an ohne Behinderung verlaufen.

Als sie sich dem Hause der Kinder näherten, war der ganze Himmel eine schwarze Wand. Ein stürmischer Wind kam auf, riß das Laub von den Bäumen und wirbelte es durch die Luft.

Die Kinder liefen auf der Wiese herum und suchten den Teddybären und das Holzpferdchen.

»Uli! Uli!« riefen sie und waren sehr, sehr froh, als sie den Gesuchten endlich im Grase entdeckten, wo er still und friedlich saß.
»Schnell rein ins Haus«, sagten die Kinder, und die Wichtel riefen:
»Auf Wiedersehen Uli, bis zum nächsten Mal!«

Inzwischen ist Uli Brummke wohlbehalten in sein Kinderzimmer zurückgekehrt.

Zwar wundern sich die Kinder über sein neues blaues Kleidchen, aber der Bär kann ihnen leider nicht erzählen, was sich in der Wichtelwelt abgespielt hat; denn wie ihr wißt, kann der Teddybär nicht mehr sprechen, sobald er bei den Menschen ist.

Auch das Pferdchen steht still und stumm in seiner Ecke. Vielleicht träumt es vom Wichtelland, vielleicht aber auch nicht — wir werden es nicht erfahren.

Ein Schulweg mit Hindernissen

Jedes Kind kennt einen Teddybären, oder es kennt wenigstens jemanden, der einen solchen besitzt.

Was ihr aber möglicherweise nicht wißt, das ist, daß nicht alle Teddybären der Welt bei den Menschen leben.

Nein, es gibt auch einige, die leben am Rande des Wichtelwaldes. Sie sind gerne dort und möchten nicht um alles in der Welt an einen anderen Ort.

Deshalb verstecken sie sich auch, wenn ein Mensch sich nähert.
Denn wenn ein Mensch einen Teddybären findet, dann nimmt er ihn einfach mit heim und sperrt ihn in irgendein Kinderzimmer, wo der Bär dann sein Leben lang stumm herumsitzt, so wie Uli Brummke.

Ganz anders leben die Bären im Wichtelwald.
Sie bauen sich kleine Häuser und züchten bunte Blumen im Garten; sie waschen sich nach dem Essen die Hände, und sie reden mit den Tieren übers Wetter oder andere wichtige Dinge.

Wenn sie Lust haben, dann machen sie einen Ausflug zu den Wichteln, wo sie stets gerngesehene Gäste sind.

Tatzenhausen heißt das Dorf, in dem die Teddybären wohnen. Dort gibt es dreizehn Häuser und eine Schule.

In einem kleinen weißen Haus mit blauen Fensterläden wohnt die Familie Brummlich. Da sind Vaterbär, Mutterbärin, Babybär und ein Jungbär mit Namen Troll.

Die Bären, die nur in Kinderzimmern sitzen, die brauchen natürlich nichts zu lernen — wozu auch. Aber wenn man in der freien Wildnis lebt, dann muß man auch über die Welt Bescheid wissen. Aus diesem Grunde müssen die kleinen Bären in Tatzenhausen zur Schule gehen.

»Muß ich denn schon wieder in die Schule?« fragte Troll eines Tages, als ihn die Mutter weckte.

»Aber natürlich, wie jeden Tag«, lachte die Mutter freundlich und fuhr ihrem Sohn mit der Tatze sanft durchs verwuschelte Haar.

»Wer ein großer und kluger Teddybär werden will, der muß auch fleißig in die Schule gehen.«
»Aber wieso gerade heute?« jammerte Troll.

»Die Blaumeisen machen heute eine Reise zum Waldsee. Viel lieber als in die Schule, würde ich mit ihnen gehen. Am Waldsee wohnt nämlich die Eule Eulalia, die immer so spannende Geschichten erzählt.«

»Nichts da!« sagte die Mutterbärin streng. »Bald sind Ferien, da kannst du tun und lassen, was du willst. So, und jetzt steh' auf, es ist schon Viertel nach sieben.«

Troll brummte und knurrte, aber es half ihm alles nichts.
An diesem Morgen schmeckte ihm weder das Honigbrot noch der heiße Kakao.
Er dachte an Eulalia, und er stellte sich vor, wie schön es jetzt am Waldsee wäre, und... als ihm dann die Mutter die Schultasche in die Hand drückte, da rollte ihm eine kleine Träne aus dem Auge.

»Und bummle nicht auf dem Schulweg?« rief ihm die Mutter nach. »Du weißt wie ärgerlich dein Lehrer Grissli wird, wenn ein Schüler zu spät zum Unterricht erscheint.«
»Ja, ja«, sagte Troll und stapfte los.
Die Frösche im Teich vor dem Haus übten gerade Hechtsprünge vom Steg. Wenn sie ins Wasser eintauchten, dann spritzte es hoch auf.
»Ihr habt es gut«, seufzte Troll.
»Ihr vergnügt euch im Wasser, und wenn ihr hungrig seid, dann freßt ihr eine Fliege oder zwei. Ich aber muß in die blöde Schule.«
»Beeile dich, Troll!« rief die Mutter, die vom Fenster aus gesehen hatte, daß Troll am Froschteich stehengeblieben war.
»Ja, ja, ich sause wie der Wind«, sagte Troll und setzte sich knurrend in Bewegung. Er schloß die Gartentür mit einem Knall und schlug den Weg zur Schule ein.

Er war noch nicht einmal zehn Meter weit gekommen, als ihn ein Summen und Schwirren ablenkte. Direkt über seinem Kopf entdeckte er die Libelle und die Fliege.

»Da stimmt etwas nicht«, dachte Teddy, als er sah, wie die beiden sich aufgeregt umkreisten und sich drohend voreinander aufbauten.

Tatsächlich, da war ein richtiger Streit ausgebrochen.

»Das glaub' ich nie und nimmer, daß du schneller fliegst als der Falke.«
»Und ob, du eingebildetes Etwas.«

Der Streit wogte hin und her, bis die beiden sich darauf einigten, daß nur ein Wettfliegen die Wahrheit erweisen könnte.

»Wir fliegen von hier bis zu jenem Baum dort«, sagte die Fliege. »Der Teddybär soll das Zeichen zum Start geben.«

»Das mache ich gerne«, rief Troll und hatte schon vergessen, daß er sich eigentlich auf dem Schulweg befand. »Auf die Plätze — fertig — los!«

Die Libelle sauste los wie ein Wirbelwind, und die Fliege — ja, die Fliege saß noch immer in ihrem Startloch.

Plötzlich begriff Troll, was hier gespielt wurde.
»Das ist Betrug!« rief er, »Wie damals beim Rennen zwischen Hase und Igel.«

Da brauste die Libelle heran und erreichte keuchend das Ziel. Die Fliege aber, die sich die ganze Zeit nicht vom Fleck gerührt hatte, rief triumphierend: »Ich bin schon da!«

»Halt!« rief Troll. »Die Fliege spielt dir einen bösen Streich, hast du gehört, Libelle?«
Die Libelle aber hörte gar nichts mehr. Sie wollte nur gewinnen und startete zu einem erneuten Wettflug. Das ging noch mehrere Male so, ohne daß Troll es verhindern konnte. Schließlich aber stürzte die Libelle ermattet ab. Dabei blieb sie an einer kratzigen Distel hängen und zerriß sich einen Flügel.

Die Fliege kicherte schadenfroh und verschwand, während Troll die verletzte Libelle zum Wichtelschneider Zickzack trug.

»Das haben wir gleich«, sprach der Wichtelmann, er holte Nadel und Zwirn aus der Werkstatt und nähte mit einigen Stichen den Libellenflügel wieder zusammen.
Troll beobachtete aufmerksam, wie geschickt der Schneidermeister mit seinen dünnen Fingern arbeitete.
»So etwas werde ich nie lernen mit meinen dicken Pranken — und wenn ich noch hunderte Jahre in die Schule gehe... oh jeh! Die Schule habe ich ganz vergessen!«

Troll nahm seine Schultasche in die Hand und rannte los.
»Das wird knapp«, dachte er; eine Sekunde später aber blieb er stehen.

»Wenn ich jetzt renne, dann komme ich außer Atem. Wenn ich aber außer Atem bin, dann kann ich nicht sprechen und kann keine Antworten geben. Also ist es besser, wenn ich mich nicht zu sehr anstrenge.« So dachte Troll bei sich und spazierte fortan gemächlich weiter. Nach wenigen Metern begegnete ihm eine Schnecke.

»Sieh einmal einer an, diese junge Dame ist noch langsamer als ich.« Troll beobachtete die Schnecke sorgfältig und fand heraus, daß sie für eine Strecke von einem Meter genau eine halbe Stunde benötigte.

»Das ist aber sehr langsam«, dachte Troll und schüttelte den Kopf. Und wie er seinen Kopf so schüttelte, da fiel ihm ein, daß er gerade eben eine volle halbe Stunde vertrödelt hatte.

Schließlich aber tröstete er sich mit dem Gedanken, daß, wenn er schon zu spät käme, es jetzt auf diese eine halbe Stunde mehr oder weniger auch nicht mehr ankommen würde, oder?

Aber es sollte noch mehr Verzögerungen geben, doch laßt mich eines nach dem anderen erzählen.

Plötzlich hörte Troll leise Musik. »Da muß ich doch gleich einmal nachschauen, wer so früh am Morgen schon Musik macht,« sagte er und schlich sich näher.

Vor einem der Wichtelhäuser hatten sich einige Tiere und Wichtel zusammengefunden. Moll, der Musikant, spielte auf der Gitarre und die anderen tanzten im Kreis.

»Habt ihr denn Ferien?« fragte Troll neugierig.
»Ach du bist's, komm bleibe bei uns«, rief der Igel Bürstel.
»Der Hausherr hat nämlich heute Geburtstag, da wird nicht gearbeitet.«

Troll überlegte, wann er endlich wieder Geburtstag hätte, aber da mußte er noch lange warten. An ihrem Geburtstag haben die kleinen Teddybären nämlich ausnahmsweise schulfrei.

»Ich würde gerne bei euch bleiben, aber ich muß mich sputen, sonst komme ich am Ende noch zu spät in die Schule.«

»Na ja«, sagten die Wichtel, »da kann man leider nichts machen.«
Traurig trottete Troll weiter. Auf alles Schöne und Lustige mußte man verzichten, nur damit man sich in der Schule mit irgendwelchen komischen Rechnungen herumplagen konnte.

Troll brummte schlechtgelaunt vor sich hin und achtete dabei nicht darauf, wohin er seinen Fuß setzte.
»Autsch!« — da war es schon passiert: Er stieß mit dem großen Zeh an das Holzgeländer am Schwanenteich.
»Hast du dir wehgetan?« fragte der Schwan.
»Es geht schon«, murmelte Troll.
»Vielleicht vergeht der Schmerz ein wenig schneller, wenn ich dir eine Geschichte erzähle?«
»Das kann schon sein«, sagte Troll und spitzte die Ohren.
»Also, dann hör gut zu:
Es war einmal ein schwarzer Schwan. Er hatte nicht eine einzige weiße oder wenigstens graue Feder im Gefieder. Manche der schwarzen Schwäne sind stolz auf ihre Farbe, weil sie sich für etwas Besonderes halten.
Dieser Schwan aber war tief unglücklich darüber, daß er nicht ganz einfach weiß war, wie die meisten seiner Artgenossen.
Bald begann er, sich seine Federn einzeln und in ganzen Büscheln auszureißen, weil er glaubte, es würden ihm weiße Federn nachwachsen.
Aber der neue Flaum erwies sich noch als viel schwärzer, als der alte gewesen war.
Eines Tages dann bekam der Unglücksrabe Besuch von einem Vetter aus Amerika. — Der Vetter war ein praktischer Schwan und lachte:
»Das haben wir gleich, da habe ich schon schwierigere Fälle gelöst.«
Der Vetter kaufte gleich einen Eimer mit weißer Farbe und den breitesten Pinsel, den er finden konnte. Dann strich er den schwarzen Schwan weiß an!

Alles wäre so schön gewesen, wenn sie nicht eines Tages zum Baden an den Waldsee gegangen wären.
Ans Ufer zurückgekehrt, da war einer von ihnen ganz schwarz! Das Wasser hatte die schöne weiße Farbe abgewaschen.«
»Oh, das ist eine traurige Geschichte.«, sagte Troll zum Schwan.
»Das ist wohl wahr, aber die Hauptsache ist doch, daß dein Zeh nicht mehr wehtut«, antwortete dieser.
»Da hast du auch wieder recht«, gab Troll zu.
»Und vielen Dank! Aber jetzt muß ich gehen, sonst komme ich noch zu spät in die Schule.«

Doch der gute Vorsatz reichte auch dieses Mal nicht allzu weit. Auf der anderen Seite des Sees erblickte Troll nämlich zwei Wichtel in einem Ruderboot.
»Hallo!« grüßte Troll. »Habt ihr schon ein paar Fische gefangen?«
»Nein«, rief einer der Wichtel. »Wir suchen heute nämlich gar nicht nach Fischen.«
Troll kratzte sich am Ohr und überlegte, nach was man sonst im Wasser suchen könnte.
Weil Troll aber niemals länger als zwei Minuten scharf nachdenken konnte, verabschiedete er sich von den Wichteln und trabte weiter.

Nach elf Metern begegnete ihm der Fuchs Radomir.
»Hallochen, Teddybär.«
»Grüß dich, Radomir.«
»Na, ein bißchen spät dran für die Schule?« grinste der Fuchs. »Du wirst doch wohl nicht die Schule schwänzen wollen?«
»Ich werd's schon noch rechtzeitig schaffen«, sagte Troll trotzig.
»Ach was, geh' lieber nicht in die Schule; ich bin auch nie gegangen und bin doch ein ordentlicher Hühnerdieb geworden«, sagte Radomir und pochte sich stolz an die Brust.
»Ich will zwar auch nicht gerne in die Schule gehen«, beteuerte Troll, »aber ein Hühnerdieb will ich schon zweimal nicht werden.«
»Ach was redest du denn da, du hast doch gar keine Ahnung, was Spaß macht«, spottete der Fuchs.

Troll aber ging schnell weiter und ließ den Fuchs einfach stehen, denn der war ihm irgendwie unheimlich. Viel lieber schaute der Teddybär beim Wichtel Putzig über'n Gartenzaun.
Dort war heute großer Waschtag. Alle Käfer und Insekten, die Igel, die Maulwürfe, und wer immer es nötig hatte, wurde heute kostenlos gewaschen und frisiert.

Beim Igel dauerte es besonders lange, denn jeder einzelne Stachel mußte abgeputzt und schön poliert werden.

Der Mistkäfer war am schmutzigsten von allen. Ganze fünfzehn Minuten und zwei große Schwämme brauchte Meister Putzig, um den Käfer wieder auf Hochglanz zu bringen.

Zwar lief dem Wichtel der Schweiß schon von der Stirn, aber als er Troll am Zaun entdeckte, da rief er: »Na, wie wär's Teddybärchen, eine Wäsche gefällig?«

Eine kühle Erfrischung hätte Troll zwar gerne gehabt, aber gerade in diesem Augenblick erinnerte er sich wieder an die Geschichte vom schwarzen Schwan.

»Was wäre«, überlegte er, »wenn ich in Wirklichkeit gar kein brauner Bär wäre? Wenn mich stattdessen der Vater nur mit brauner Farbe angestrichen hätte, damit niemand meine wirkliche Farbe sieht?«
Und Troll stellte sich vor, unter der braunen Schicht wäre er giftgrün mit gelben Punkten.
»Wäre das nicht entsetzlich?«
Und so ließ sich Troll vorsichtshalber nicht waschen.
Er verabschiedete sich schnell und ging langsam davon. Schnell dürfte er in Zukunft auch nicht mehr gehen; denn wenn man ins Schwitzen kommt, dann könnte doch die Farbe auch weggewaschen werden.

Von Putzigs Haus bis zur Schule war es nur ein kleines Stück. Fast hätte Troll diese Strecke ohne Aufenthalt zurückgelegt, aber dann entdeckte er am Straßenrand einen Regenwurm.

»Auf was wartest du denn?« erkundigte sich Troll.
»Ach, ich traue mich nicht über die Straße«, klagte der Wurm. »Ständig rasen die Igel hier auf und ab, und keiner nimmt Rücksicht auf einen Regenwurm, der nun mal nicht so schnell über die Straße spurten kann.«

»Na, wenn es weiter nichts ist«, sagte Troll, »dann will ich dir gerne helfen.

Er ließ den Regenwurm auf seine Tatze kriechen und trug ihn sodann auf die andere Seite hinüber.

»Vielen Dank, großer Teddybär«, sagte der Wurm. »Ich hoffe, ich kann dir auch irgendwann einmal behilflich sein.«
»Schon gut«, sagte Troll und lief dem Schulhaus entgegen.

Jetzt kam noch eine letzte, aber eine sehr schwierige Prüfung.
Vor dem Schulhaus nämlich gab es einen Obst- und Gemüsestand. Das allein klingt nicht sehr aufregend. Aber der Besitzer dieses Standes war wer? Na? — Ihr werdet es nicht erraten: Es war Trolls Vater.

Ihr könnt euch vorstellen, was der seinem Sohn erzählt hätte, wenn er ihn um diese Zeit noch außerhalb der Schule erwischt hätte.

Vorsichtig spähte Troll hinter einer Hecke hervor und beobachtete den Vater.

Sich hinter der Bude vorbei zu schleichen, das war heute nicht möglich; denn dazu hätte man den Rasen überqueren müssen. Da wiederum hätte dem Gärtner Tatzig nicht gefallen. Und er stand da, sprengte den Rasen und machte ein Gesicht, als hätte er Brennesseln zum Frühstück gegessen.

Es blieb nur eine Möglichkeit: Troll mußte geduldig abwarten, bis sein Vater durch einen Kunden abgelenkt wurde.
Aber was ist das? Des Vaters Kopf schaukelt hin und her — ja gibt's denn das?: Der Vater schläft, mitten bei der Arbeit!
»So, so«, dachte Troll. »Wenn ich in der Schule einschlafe, dann gibt es sofort Tatzenhiebe, aber der Vater, der darf das.«
Jedoch, jetzt war nicht die Zeit für lange Gedanken, sondern die für schnelle Taten: Troll sprang hinter der Hecke hervor, sauste am schlafendem Vater und am mißmutigen Gärtner vorbei aufs Schulhaus zu.

Hastig und ohne zu klopfen riß er die Türe zum Klassenzimmer auf und trat ein.
»Ja, wen haben wir denn da?« fragte der Lehrer Grissli. »Wieder einmal reichlich spät dran, und das ohne ein Wörtchen der Entschuldigung. Komm einmal her, mein Teddybär.«

Was nun folgen würde, konnte der Teddy ganz genau voraussehen: Der Lehrer würde ihn mit seinen spitzen Krallen ins Ohr kneifen, und es würde sehr, sehr weh tun.

Troll sollte sich nicht täuschen. Es kam genau so, wie er es sich vorgestellt hatte, nur schmerzte es heute besonders arg.
»So, und jetzt stell' dich in die Ecke!« befahl der Lehrer.

Da stand Troll nun in der kahlen Ecke. Zu allem Überfluß kicherten die anderen Schüler schadenfroh. Das schmerzte fast noch mehr, als der grobe Kniff ins Ohr.

Nun blieb ihm genug Zeit, sich allerhand Dinge vorzustellen. Er dachte an den armen schwarzen Schwan, der so unglücklich gewesen war; und plötzlich fiel ihm ein, wie man dem Schwan helfen könnte: Der Schwan hätte nicht irgendeine Farbe nehmen dürfen, sondern eine, die sich im Wasser nicht auflöst. So einfach war das!

Am schnellsten geht die Zeit vorüber, wenn man sich angenehme Dinge vorstellt. Also dachte Troll an einen Sack voller Gummibärchen; der Sack war so groß wie der Mond und er gehörte ihm ganz allein.

Dann stellte er sich vor, der Wichtel Putzig würde alle Tiere waschen, und plötzlich hätte ein jedes eine andere Farbe als zuvor.

Schließlich fand Troll in seinen Gedanken eine Quelle. Niemand außer ihm kannte sie, und es war nicht etwa Wasser, das aus ihr sprudelte, sondern es war Honig! Reiner, duftender Bienenhonig.

Es ist schon richtig: Die Zeit vergeht wie im Flug, wenn man sich angenehme Dinge vorstellt. Aber ebenso ist es richtig, daß man davon müde wird.

So kam es, daß Troll, nachdem er sich einige Zeit seinen süßen Phantasien hingegeben hatte, langsam und unmerklich einschlummerte.
Da man nun im Stehen nicht gut schlafen kann, kann es niemanden verwundern, daß Troll plötzlich nach hinten kippte und der Länge nach auf den Boden schlug.
Herr Grissli aber hatte nicht etwa Mitleid mit dem kleinen Bären. Ganz im Gegenteil: Er zwickte ihn ein zweites Mal ins Ohr und dann ein drittes Mal — und er hätte sich noch ein viertes Mal folgen lassen, wenn nicht die Schulglocke das Ende der Stunde angekündigt hätte.

In der nun folgenden Stunde war Rechnen an der Reihe. Gerade jetzt wäre Troll gerne in der Ecke gestanden, aber jetzt hatte der Lehrer etwas anderes mit ihm vor:

»Troll!«, sagte er in barschem Ton. »Du hast dich jetzt lange genug ausgeruht; nun zeig uns einmal, wie fix du rechnen kannst.«

Lautlos schlich Troll nach vorne, wo die Rechentafel stand. Mit eingezogenem Kopf erwartete er die Aufgaben, die ihm der Lehrer nun stellen würde.

»Was ist 1+1 ?«
Troll schob eine grüne Kugel nach rechts, dann noch eine. Dann sagte er ganz leise: »Zwei ?!«

»Sehr gut, Troll. Und was ist 1+2?« fragte der Lehrer.
Der kleine Teddy kratzte sich an der Nase und dachte: »1+2 ist ungefähr so viel wie 2+2, glaube ich.«
Troll schob nun eine Kugel hin, eine andere her, dann zwei nach rechts und drei nach links, schließlich schob er fünf rote nach da und siebzehn braune nach dort. Er rechnete und rechnete, er verschob alle Kugeln wie ein Jongleur — aber er kam zu keinem Ergebnis.

Seine Mitschüler lachten ihn aus, der Lehrer räusperte sich, und die Kugeln verwandelten sich vor Trolls Augen in Seifenblasen, die ziellos durch die Luft schwebten.

Endlich sagte Troll kleinlaut:
»Ich weiß es nicht.«
»So, so, du weißt es nicht. Das solltest du aber wissen. Und wenn du's nicht weiß, dann bist du dumm!«

Troll versuchte es noch einmal, wieder überlegte er, bis es in seinem Kopf gefährlich brummte.
Dann sagte er plötzlich: »Ich weiß es immer noch nicht — aber ich weiß was 619 x 3714 ist!«
»Du willst dich wohl über mich lustig machen?« sagte Grissli und zog seine Augenbrauen drohend zusammen.
»Nein, nein. Es ist 2115123 !«
Troll strahlte vor Stolz, während Lehrer Grissli das Ergebnis überprüfte.
Nach einer Weile sagte er:
»Da muß ich aber staunen, Troll. Das Ergebnis stimmt; doch solche großen Zahlen nehmen wir erst im nächsten Jahr durch. Aber was 1+2 ist, das hast du nicht gewußt: setzen, sechs!«
Troll weinte zwar nicht; aber bis zur Pause sagte er kein einziges Wort mehr. Zu niemanden.

In der Pause dann mußte Troll den Spott seiner Klassenkameraden über sich ergehen lassen.
»Dummkopf! Blödian! Esel!« riefen sie.

Eine Weile hielt sich Troll die Ohren zu, dann aber wurde es ihm zu viel. Den ersten, den er erwischte, packte er bei den Ohren und schleuderte ihn in den Papierkorb. Dem nächsten drückte er wütend den nassen Schwamm ins Hemd, dem dritten stopfte er die Kreide in die Nase — und im Nu war eine wilde Keilerei ausgebrochen. Nun ging es jeder gegen jeden, und es gab keinen, der nicht ein paar Schläge abbekommen hätte.

Über den Tischen und unter den Stühlen kugelten kämpfende Bärenkinder herum.
Die Tafel kippte und zersprang in drei Teile, der Tatzenstock des Lehrers zerbrach, und es schien so, als sollte im ganzen Klassenzimmer nichts unbeschädigt davonkommen.

Auch an den Kindern zeigten sich die Spuren der Schlacht: der eine trug ein blaues Auge davon, der andere ein zerrissenes Hemd; eine blutete aus der Nase, eine andere hatte 93 Haare verloren. Der einzige, der fröhlich grinste, war Ted; er litt seit Tagen unter Zahnschmerzen. Ein Backenzahn links oben war der Übeltäter.
Nach einem Schlag von Troll aber waren die Schmerzen nun vorbei: Glücklich hielt Ted den Zahn in der Hand, der ihn so gequält hatte.

Als die Balgerei gerade auf dem Höhepunkt war, riß der Lehrer Grissli die Tür auf:
»Was ist denn das für ein Zirkus?« schrie er zornentbrannt. »Ich glaube, ich werde hier einmal hart durchgreifen müssen!«

Er verteilte links und rechts ein paar Ohrfeigen und griff sich aus dem Getümmel zwei Streithähne — die ersten halt, die er fassen konnte.
Sie erhielten eine tüchtige Abreibung und mußten den Rest des Tages in der Ecke stehen.
Einer der beiden Pechvögel war, ihr könnt es euch denken: Troll.

Tja, ein Unglück kommt selten allein, auch bei den Teddybären nicht. Da standen die beiden nun in der Ecke und durften keinen Laut von sich geben, wenn sie Herrn Grissli nicht noch mehr reizen wollten. Also fingen sie an zu träumen.

Teddy stellte sich vor, er wäre Astronaut. Er flog durch den finsteren Weltenraum, bis er plötzlich einen golden glänzenden Planeten entdeckte.
Das muß der Honigmond sein! rief Trill in seiner Phantasie und entschloß sich sofort zur Landung.
Der Honigmond war ein wahres Bärenparadies: bis zu den Knöcheln versank man in zuckersüßem, duftendem Honig. Troll steckte seinen Kopf in den weichen Boden des Planeten und begann nach Herzenslust zu schlecken. Aber schon nach einer halben Stunde hatte er genug. So gut der Honig auch schmeckte: allzuviel ist einfach allzuviel.
Mit verklebtem Gesicht bestieg Troll seine Rakete. Als er eben starten wollte, hörte er einen ohrenbetäubenden Knall: War der Honigmond geplatzt? — Nein, nein!

Trolls Leidensgenosse in der Ecke des Schulzimmers war beim Träumen eingeschlafen und hinterrücks auf den harten Boden gestürzt.
Glück gehabt, dachte Troll, dieses Mal erwischt es einen anderen.
Aber noch bevor der Lehrer Grissli dem Übeltäter eine Lektion mit dem Tatzenstecken erteilen konnte, klingelte es: Die Stunde war vorbei und die Strafe wurde dem kleinen Bären erlassen.
Die anderen, dachte Troll betrübt, die anderen haben immer mehr Glück.

Wenn einer erst einmal mit solchen Gedanken angefangen hat, dann geht garantiert alles schief.

Wenn der Lehrer Grissli bei der Gymnastik sagte:
»Und — streckt euch!«
— dann beugte Troll den Körper nach vorne und fiel auf die Nase, so daß sie blutete.

Wenn Herr Grissli sagte:
»Links herum!«
— dann drehte sich Troll als einziger mit Sicherheit nach rechts, prallte mit dem Nebenmann zusammen und erhielt einen Schlag gegen das Schienbein.

Am schlimmsten war es jedoch beim Fußballspielen.
Wenn alle übten, wie man einen Ball stoppt, dann hatte Troll verstanden, man solle den Ball möglichst weit weg schießen. Das tat er dann auch. Und Troll hatte kräftige Beine — sein Schuß war nicht von schlechten Eltern — und der Ball flog und flog, bis er endlich durch die Scheibe in der Turnhalle krachte.
»Was soll nur aus diesem Taugenichts werden«, sagte der Lehrer und schüttelte seinen großen dicken Kopf.
Zum Abschluß erzielte Troll sogar noch ein Tor, nur war es leider ein Eigentor.

Dann aber war dieser Schultag — Teddy sei Dank — überstanden.
Alle Bärenkinder packten ihre Schulsachen zusammen und rannten ins Freie, hinaus auf die Wiese und dem Elternhause zu.
Der Lehrer rief ihnen nach: »Denkt an eure Hausaufgaben, und daß mir morgen keiner zu spät kommt!
Aber so schnell, wie die Bärenkinder rannten, hat das wahrscheinlich niemand mehr gehört.
Und Troll war der schnellste von allen. Beim Rennen vergaß er die Tatzenhiebe und die Kniffe ins Ohr, er vergaß die Rechenaufgaben, das Gelächter der Mitschüler, die Keilerei und das Eigentor... Erst als er bei Meister Putzigs Haus anlangte, gönnte er sich eine Verschnaufpause.
Bei Putzig standen immer noch einige Tiere Schlange.
»Ist die Schule schon aus?« fragte Putzig. Und als Troll nickte, lud ihn Putzig ein, er solle doch ein Glas Limonade mit ihnen trinken.
Troll aber lehnte dankend ab, denn zu Hause wartete die Mutter gewiß schon mit dem Mittagessen.
Den Schwänen hätte Troll gerne berichtet, wie der schwarze Schwan gerettet werden könnte, aber sie waren nicht mehr da.

Als Troll endlich nach Hause zurückkehrte, da waren die Frösche immer noch damit beschäftigt, kunstvolle Sprünge zu üben.
»Die haben es wirklich gut«, dachte Troll.

Aber als er dann aus der Küche den Duft des Mittagessens witterte, da sagte er: »Mir geht es auch nicht gar so schlecht.«

Vor allem die Nachspeise hatte die Mutter heute mit viel Liebe und Kunst zubereitet: ein Honigpudding mit Honigsahne und Honig. Troll genehmigte sich zwei doppelte Portionen, worauf er so satt war, daß er sich an rein gar nichts mehr erinnern konnte, was ihm heute in der Schule zugestoßen war.

Am Nachmittag half er dem Vater bei der Birnenernte im Garten, und am Abend war er so müde, daß er noch vor dem Abendessen eingeschlafen war.

In der Nacht träumte er von schwarzen Schwänen, von faulen Fliegen und schnellen Libellen und vom Wichtelschneider. Er löste alle Rechenaufgaben im Nu, ja er kam pünktlich zur Schule, und, und...

»Aufstehen Troll! Es ist viertel nach sieben!«
»Ach Mutter, ist es schon so spät, muß ich schon wieder zur Schule?«

5 × 1 =
2 + 2 =

Auf die Plätze – fertig – los!!

Bei den Wichteln gibt es fast unzählige Feste.
Natürlich feiern sie Weihnachten, Neujahr, Ostern und Pfingsten, wie die Menschen auch.
Aber sie kennen auch noch einige zusätzliche Feste, die den Menschen fremd sind.

Vom Baumfest habt ihr schon gehört. Dann gibt es auch noch eine Sonnenfeier, eine Mondfeier und das Blumenfest. Außerdem veranstaltet jede Tierart an einem bestimmten Tag ein Fest, sich selbst zu Ehren.
Wenn ihr euch nun überlegt, wie viele verschiedene Tiere es im Wichtelwald gibt, dann könnt ihr euch leicht selbst ausrechnen, wie oft im Walde gefeiert wird.

Eines der beliebtesten Feste, das alle gemeinsam ausrichten, findet alljährlich am 1. August statt: es ist das Waldsportfest.

Bei einer so großen Zahl von Teilnehmern sind selbstverständlich umfangreiche Vorbereitungen notwendig.
Deshalb beginnen die Wichtel schon drei Tage vor dem ersten Startschuß mit der Arbeit, damit beim Fest alles reibungslos und ohne große Pannen ablaufen kann.

Einige Wichtel sammeln Blätter von Bäumen und Sträuchern, aus denen dann kunstvolle Girlanden geflochten werden.

Wieder andere haben die Aufgabe, Zelte und Höhlen vorzubereiten, damit auch alle Teilnehmer einen gemütlichen Schlafplatz vorfinden.
Schließlich kommen sie aus allen Gegenden des Waldes und haben schon einen weiten Weg hinter sich, wenn sie das Wichteldorf erreichen.

Deshalb müssen sie sich alle vor den Wettkämpfen ausruhen können; und hinterher natürlich erst recht.
Ein Sportler, der unausgeschlafen zum Wettkampf antritt, der kann allenfalls einen Blumentopf gewinnen, keinesfalls aber einen ersten Preis. Das ist bei den Wichteln nicht anders als bei den Menschen.

Deshalb kümmern sich die Wichtel um alles, damit alle Sportler topfit an den Start gehen können.
Da müssen natürlich alle mithelfen, sonst könnte das Sportfest nie und nimmer pünktlich beginnen.

Der Herr Maulwurf Hölzenbein erscheint mit seinem Lastauto. Gewöhnlich benutzt der Maulwurf bei der Arbeit nur seine Pfoten mit den scharfen Krallen. In diesen Tagen aber muß er ganze Berge von Sand befördern, und da ist ein Lastwagen sehr praktisch.

Wenn gerade kein Sand befördert werden muß, dann holt Hölzenbein Zweige und Äste vom Fluß herauf. Die Biber fällen dort Bäume und Sträucher, die die Wiesel mit ihren kräftigen Armen auf des Maulwurfs Auto werfen.

»Tatüüü — tataaaa!« schreit der Maulwurf und rumpelt mit seinem vollbeladenen Fahrzeug über die Waldwege. Wenn es auch nur ein Spielzeugauto ist, so erreicht es doch immerhin eine Höchstgeschwindigkeit von fünfzehn Metern in der Minute.

Bei solchen enormen Geschwindigkeiten kann die Raupe nur mit dem Kopf schütteln, und der Regenwurm sagt:
»Da können wir Fußgänger nicht mithalten. Aber schließlich kommt man langsam auch ans Ziel, oder?«
»Natürlich«, nickt die Schnecke. »Außerdem lebt man gefährlich, wenn man so schnell unterwegs ist.«
Wie recht die Schnecke damit hatte, sollte sich einen Monat später erweisen.

»Tatüüü — tataaa!« ruft der Maulwurf und donnert den Waldweg hinab. Nun ist dieser Pfad nicht für solch große Autos gebaut, sondern für die Wichtel und die kleinen Tiere. Der Maulwurf lacht, wenn die Fußgänger, von der schrillen Sirene erschreckt, zur Seite springen, um sich in Sicherheit zu bringen.

Aber eine Sirene mag noch so laut sein, wenn einer taub ist — und das auf beiden Ohren gleichermaßen — dann wird er doch nichts hören.

Zwar ist der Specht nicht wirklich taub, aber er hat sich doch beide Ohren mit Harz verstopft, weil ihm sein eigenes, fortwährendes Pochen auf die Nerven ging.

Da spaziert nun der Specht von links nach rechts und hört nichts. Und Hölzenbein rast von rechts nach links und sieht nichts.

»Tatüüü — tataaaaa!«
Der Specht spaziert, der Maulwurf rast — und keiner nimmt den andern wahr. Und so kommt es, wie es nicht kommen sollte: Zusammenstoß!!!

Dem Specht vergeht Tasten und Sehen, aber immerhin spritzt ihm das Harz aus den Ohren, so daß er wenigstens wieder etwas hören kann.

Der Maulwurf hingegen prellt sich die Nase an der Windschutzscheibe, die ganze Ladung Holz segelt durch die Luft, wie ein Schwarm fetter Fledermäuse.

»Na bitte! Was habe ich gesagt«, quietscht der Regenwurm. »Wer schnell lebt, der lebt gefährlich.«

»Mag sein«, murmelt die Schnecke und reibt sich ihren Kopf. »Aber wer langsam lebt, der lebt genauso gefährlich.«
Da hat die Schnecke recht; denn um ein Haar hätte sie ein herumfliegender Ast erschlagen.

Im Wichteldorf sind inzwischen die Festvorbereitungen weiter vorangeschritten.

Langsam wird es aber auch Zeit, daß man mit der Arbeit fertig wird, denn von ferne hört man schon Blasmusik und Trommelwirbel.

Endlich ist es soweit, die Wettkämpfer ziehen ins Wichteldorf ein.

Allen voran die Haselmäuse von der Lichtung am Waldsee. Ihnen folgen die Frösche aus dem Weiher vor dem Teddybärenhaus, in dem Troll wohnt. Als nächste marschieren die Igel ein: Sie haben ihre Stacheln beim Wichtel Putzig auf Hochglanz polieren lassen, und jede einzelne ist mit einem bunten Faden behängt.

»Die sehen ja aus wie Christbäume«, kichert das Maulwurfskind, das mit seinen Eltern am Gartenzaun steht und die vorbeiziehenden Mannschaften bewundert.

Der Maulwurfsvater sagt: »Schade, daß ich nicht mehr am Sportfest teilnehmen kann. Früher, als ich noch ganz scharf sehen konnte, da war ich Waldmeister im 12-Meter-Torfmull-Umgraben.«

»Ja, das waren noch Zeiten«, sagt die Mutter und blinzelt dem Vater zu. Das Baby der Familie sitzt unterdessen im Garten, baut eine Sandburg und kümmert sich nicht um den Trubel draußen auf der Straße.

Es dauert wohl eine ganze Stunde, bis endlich alle Athleten auf dem Dorfplatz eingetroffen sind und sich in Reih und Glied aufgestellt haben.

»Ah!« rufen die einen, »Oh!« rufen die anderen, und alle meinen den festlich geschmückten Dorfplatz mit seinen bunten Girlanden und seinen lustigen Lampions.

Dann steigt der Wichtelbürgermeister auf eine Leiter und hält eine Ansprache:
»Herzlich willkommen, meine Damen und Herren, äh... herzlich willkommen... äh... «

»Das wird wieder so eine lange und langweilige Rede werden«, murmelt der Frechdachs, während sich der Bürgermeister weiter abquält:
»Also, wie gesagt, herzlich willkommen, äh, hat vielleicht jemand das Blatt gesehen, auf dem ich mir meine Rede aufgeschrieben habe?«

Alle schütteln unschuldig den Kopf, nur die Elster Elvira nicht.
Was hat die denn für ein Hütchen auf? Es ist ein schöner weißer Hut, aus einem Stück Papier gefaltet.

Inzwischen ist dem Bürgermeister wieder etwas eingefallen:
»Also, kurz gesagt, herzlich willkommen, beißt euch nicht in die Ohren, zwickt euch nicht in die Waden, seid fair zueinander — so, und nun viel Spaß und fangt endlich an!«

Als erstes steht ein Fußballspiel auf dem Programm.
1. FC Hamster gegen Borussia Igel, das ist jedes Jahr wieder der große Knüller. Kaum hat der Wichtel Pfeifnix das Spiel angepfiffen, da haben die Hamster schon den Ball erobert.

Wer die Hamster kennt, der weiß, daß sie nur ungern wieder hergeben, was sie einmal erobert haben.
Verbissen strampeln sich die Igel ab, um in den Besitz des Balles zu kommen, aber die Hamster halten den Ball geschickt in den eigenen Reihen.

Plötzlich gibt es ein großes Pfeifkonzert von den Zuschauerrängen: Der Borussia-Mittelstürmer Stummelnigge hat den Hamster Deckenklauer von hinten in die Waden getreten! Pfui!

»Vom Platz mit dem Rauhbein!« rufen die Zuschauer.
Doch der Schiedsrichter Peifnix zeigt dem Übeltäter nur die gelbe Karte.
»Aber beim nächsten Mal fliegst du vom Platz, ist das klar?«

Stummelnigge jedoch ist ein großer Scherzkeks und sagt grinsend:
»Aber Herr Schiedsrichter, seit wann können Igel fliegen?«

Glücklicherweise hat Pfeifnix diese freche Bemerkung überhört, sonst wäre sicherlich ein Platzverweis fällig gewesen.

Schon wogt der Kampf wieder hin und her, verbissen wird um jeden Ball gekämpft. Beim Fußball darf man nicht zimperlich sein; wenn man den Ball einmal auf die Nase kriegt, dann heißt es tief durchatmen und weiterspielen.

Plötzlich hat sich der Igelstürmer Sausewitsch am rechten Flügel den Ball erkämpft. Er umspielt einen Gegner, er umspielt den zweiten, den dritten, er dribbelt und dribbelt... jetzt flankt er das Leder zur Mitte... der Ball schwebt langsam in den Strafraum... genau auf Stummelnigges Kopf...

»Tor! Tor! Tor!!« jubeln die Anhänger der Igelmannschaft, und die Spieler umarmen den Torschützen.

Mit aller Kraft versuchen nun die Hamster den Ausgleich zu erzielen, aber die Igel verteidigen ihr Tor mit allen erlaubten, aber auch mit drei unerlaubten Mitteln; sie kämpfen, als ginge es um ihr Leben.

Schließlich ertönt der Schlußpfiff des Schiedsrichters, und der Bürgermeister verkündet das Ergebnis: »Fußballmeister im Wichtelwald ist Borussia Igel, ein dreifaches Hipp, Hipp, Hurra für den Sieger!«

Die Zuschauer sind inzwischen zur Rennstrecke gewandert.
Gleich soll dort der Start zum Waldschnellauf erfolgen, auf den sich der Frosch in diesem Jahr besonders gut vorbereitet hat. Er will nämlich beweisen, daß er der beste Sportler überhaupt ist, nicht nur im Wasser, sondern auch auf dem Land.

Da lacht die Maus verächtlich:
»Du kannst ja nicht einmal richtig laufen; oder soll dein Herumgehüpfe etwa Laufen sein?«

Aber bevor die beiden ihren Streit mit derben Worten austragen, ertönt bereits der Startschuß.
Nun müssen allein die Beine entscheiden, wer von beiden der Bessere ist.

Nach wenigen Metern hat sich der Frosch an die Spitze gesetzt. Mit kraftvollen, weiten Sprüngen eilt er dem Feld davon.

»Hopp! Hopp! Hopp!« rufen die Wichtel jedesmal, wenn ein Läufer vorbeirennt.

Bald werden die Sprünge des Frosches merklich flacher und kürzer, die Maus holt langsam auf.
Zwar sind es nur noch zwanzig Meter bis zum Ziel, aber der Frosch schnappt schon mühsam nach Luft, und seine lange Zunge hängt ihm aus dem Mund.

Noch zehn Meter - die Maus hat aufgeholt!

Noch fünf Meter — die Maus geht in Führung!

Noch zwei Meter — der Frosch ist geschlagen!

Noch einen Meter — die Maus reckt siegesgewiß die Arme in die Höhe.

— Doch was ist das? — von hinten braust ein Wirbelwind heran, ein Sandsturm, und kein Wichtel weiß, wer sich gerade in dieser Staubwolke verbirgt.

Noch zehn Zentimeter — die Maus reißt vor Schreck die Augen auf! Sie kann es nicht glauben!!

In diesem Moment berührt die Staubwolke das Zielband als erster! Die Staubwolke hat gewonnen.

Der Frosch steht da und schnappt nach Luft, die Maus kniet am Boden und ballt enttäuscht die Fäuste, und als sich endlich der Staub gelegt hat, da sehen alle, womit niemand gerechnet hat: In der Wolke steckt das Wiesel!
»Bravo, bravo, bravissimo!« rufen die Wichtel.

Während Maus und Frosch gemeinsam im Unterholz verschwinden, drückt der Bürgermeister dem Wiesel die Pfote und sagt:
»Gratuliere, Wiesel, du bist wirklich der Schnellste!«

Die Wichtel sind noch ganz aufgeregt von dem spannenden Verlauf des Rennens, da kündigt sich auf dem Nebenplatz bereits die nächste Attraktion an.

Auf dem Tennisplatz kommt es nun zum Endspiel um den goldenen Wichtelpokal.
Zur Linken sehen wir Ivan Hamsterl und zur Rechten seinen Gegner Boris Mauser.

»Ich glaube«, flüstert der Buchfink geheimnisvoll, »einer von beiden wird gewinnen, da könnte ich wetten.«
»Ja, das glaube ich auch, du kleiner Schlaumeier«, erwiedert die Spottdrossel. »Aber warten wir's doch einfach ab.«

Allzu lange brauchen sich die beiden nicht zu gedulden, denn das Spiel hat soeben begonnen.

Boris Mauser hat den ersten Aufschlag. Der Tennisball saust wie eine Kanonenkugel ins gegnerische Feld. Aber wer hätte es gedacht? — da kommt der Ball schon wieder zurück! Und klack! Und klack!: ein ums andere Mal fliegt er übers Netz.

Die Spieler rennen und schlagen und schlagen und rennen; und die Zuschauer drehen ihre Köpfe nach links und nach rechts, links, rechts, links, rechts...

Keinem der Spieler gelingt es, den anderen auszutricksen, und der Ball rauscht hinüber und herüber und hinüber und zurück.

Langsam werden die Zuschauer ungeduldig, doch noch immer wenden sie ihre Köpfe: links, rechts, links, rechts...

Ihr wißt sicher selbst, wie das ist, wenn man lange genug immer wieder die gleiche Bewegung ausführt:

Man wird müde. Und je länger man so fortfährt, desto müder wird man; je müder man aber wird, desto schneller schläft man ein.

So ist das im Leben, und das ist bei den Wichteln nicht anders.

Die Anfeuerungsrufe von der Tribüne werden mit der Zeit immer weniger und immer leiser. Schließlich hört man gar nichts mehr. Nur noch ein gleichmäßiges, tiefes Atmen und Schnarchen.

Und was machen die beiden Tennisasse unten auf dem Feld?

Sie spielen den Ball unverdrossen hin und her und her und hin. Sie schwitzen, sie schnaufen, sie hecheln, und sie stöhnen. Nur der Ball ist still und fliegt und fliegt.

Wir verlassen nun den Tennisplatz. Vielleicht schauen wir später noch einmal vorbei; die beiden Helden werden doch nicht bis in alle Ewigkeit so weiterspielen. Hin und her...

Einen Steinwurf vom Tennisplatz entfernt liegt der kleine Teich. Da ist heute einiges los, denn hier werden jetzt die Schwimmwettkämpfe ausgetragen.

In dieser Disziplin sind die Frösche die unbestrittenen Meister. Das aber auch nur, weil die Fische sich weigern, um die Wette zu schwimmen.

»Ich schwimme nur, wenn ich Lust und Laune habe«, sagt der Hecht. »Oder wenn ich zum Fischen gehe.«

Und der alte Karpfen sagt: »Langsam schwimmen ist schön. Aber um die Wette zu kraulen, das überlassen wir den Fröschen und den anderen ehrgeizigen Flachköpfen.«

»Seht nur«, kichert der Aal,« wie komisch die Frösche in ihren Badeanzügen aussehen!«

Was die Fische meinen, das interessiert die Frösche wiederum herzlich wenig. Im übrigen finden sie, daß ihnen die Badezüge ausgezeichnet stehen; und außerdem muß man als Wettschwimmer eben eine Badehose tragen, so sind nun einmal die Regeln und die wird niemand so schnell ändern.

Sowieso bleibt jetzt keine Zeit für lange Reden mit kurzem Sinn, denn der Wichtel Platsch hat bereits die rote Flagge gehoben:
Eine Sekunde bleibt nur noch bis zum Start.

Die Frösche aber sind so aufgeregt, daß sie es nicht erwarten können, bis Platsch endlich seine Fahne senkt. Fast gleichzeitig springen sie los, aber alle zu früh.

»Fehlstart!« ruft Platsch, doch keiner hört ihn mehr.

Mit wilden Armbewegungen schlagen die Schwimmer ins Wasser, gerade so, als wollten sie dieses Wasser verprügeln.

Die Fische lachen über den schlechten Schwimmstil der Frösche, aber den Vögeln am Beckenrand gefällt es sehr. Sie betrachten voller Bewunderung, wie die Frösche den sonst so stillen Teich aufwühlen.

Mächtige Wellen schwappen ans Ufer, und die Zuschauer müssen aufpassen, daß sie nicht naß werden.

Plötzlich fragt das altkluge Eulenkind: »Papa, wohin schwimmen eigentlich die Frösche?«
»Ganz einfach, mein Sohn. Sie schwimmen einmal geradewegs durch den Teich und wieder zurück. Wer dann als erster wieder am Startplatz ist, der hat gewonnen.«
»Ja aber«, fragt die kleine Eule, »warum schwimmen sie dann kreuz und quer und im Kreis herum?«

Das ist eine gute Frage. Jetzt bemerken auch die anderen, daß die Frösche keine geraden Bahnen schwimmen.

»Was soll denn der Quatsch?« fragt der Uhu, und der Goldhammer schüttelt verwundert das Köpfchen.

Die Frösche aber merken nichts. Sie plantschen und wirbeln weiter wie wild auf der Stelle.
Dann lassen sie sich, einer nach dem andern, ans Ufer treiben, wo sie restlos erschöpft ins Schilf sinken.

Platsch, der Wichtel Bademeister sagt: »So geht das aber nicht, meine Herren Frösche. Das sollte ein Wett-Schwimmen werden und kein Wett-Plantschen!«

Frolo, der Frosch, spuckt Wasser und sagt: »Also, ich bin ins Wasser gesprungen, und plötzlich wußte ich nicht mehr, wohin ich eigentlich schwimmen sollte.«
»Mir ging's genauso.«
»Ja, mir auch.«
»Na, wenn das so ist, dann habt ihr jetzt ein ganzes Jahr lang Zeit, um zu lernen, wie man ganz einfach geradeaus schwimmt.«

Die Zuschauer lachen laut über die vergeßlichen Frösche und gehen langsam hinüber ins Stadion, wo weitere Wettkämpfe stattfinden.

Beim Bodenturnen hat der Igel Rollo soeben einen neuen Waldrekord im Purzelbaumschlagen aufgestellt: 623 Mal hintereinander, ohne Netz und ohne doppelten Boden — das soll ihm erst einmal einer nachmachen.

Am Reck versucht sich unterdessen der Frosch Frederik. Auch er hat einen neuen Rekord im Sinn: Er will 29 Umschwünge hintereinander schaffen.

Mit einem mächtigen Satz erklimmt Frederik die Stange und beginnt seine Schwünge.
Einmal, zweimal, dreimal... Lange sieht es danach aus, als könnte der Frosch sein hohes Ziel erreichen, aber bei der vorletzten Umdrehung verlassen ihn die Kräfte: Die Stange entgleitet seinen Händen, und Frederik segelt wie ein grünes Marsraumschiff durch die Luft.

Nach Frederiks Mißgeschick wagt sich niemand mehr ans Reck, und die Zuschauer wenden sich den Gewichthebern zu.

Die Wichtel sind recht zarte Geschöpfe, und sie lieben es auch nicht, sich mit schweren Lasten abzumühen.
»Was schwer ist, soll liegenbleiben«, pflegen sie zu sagen.

Umso mehr gefälltes ihnen aber, wenn so starke Burschen wie der Hamster und der Igel auch die allergrößten und allerschwersten Gewichte in die Höhe wuchten, als wären sie noch leichter als gar nichts.

Ein einziger Wichtel nur scheint kein Interesse an den beiden starken Kerlen zu haben.
Das ist Bibo, bei dem man die köstlichsten und buntesten Limonaden kaufen kann.
»Wenn alle den Gewichthebern zuschauen und keiner etwas trinken will«, denkt Bibo, »dann werde ich schnell eine Runde schlafen.«

Er gähnt zweimal und schließt die Augen. Aber Bibo hat sich getäuscht, denn es gibt sehr wohl jemanden, der Durst hat, und zwar großen Durst: die beiden Mistkäfer Ha und Tschi. Sie haben zwar kein Geld, aber sie haben Durst und Zeit; so warten sie, bis Bibo endlich eingeschlummet ist, und dann geht alles sehr schnell. So schnell sogar, daß niemand etwas bemerkt hat.

Wer will, kann die beiden Schelme verpetzen. Ich habe nämlich keine Zeit dazu, weil in diesem Augenblick der Boxkampf des Jahres beginnt.

Ganz in Gelb sehen wir Hugo Bumms und neben ihm, ganz in rot, seinen Gegner Karli Wumms.

Schon erklingt der Gong zur ersten Runde.
Hugo Bumms legt sich sofort mächtig ins Zeug und trommelt mit beiden Fäusten auf seinen Gegner ein; Karli freilich läßt sich davon nicht einschüchtern und antwortet mit einem gezielten Schlag auf Hugos Nase.

»Zeigt's ihm, Hugo!« rufen die einen.
»Gib ihm Saures, Karli!« rufen die anderen.

Die beiden Faustkämpfer schenken einander nichts. Einmal trifft der eine, dann der andere, und umgekehrt.

Wer weiß, wie lange dieser Kampf noch dauern wird? So lange wie das Tennisspiel? Länger? Nein, es ist gleich zu Ende; denn plötzlich ruft der listige Luchs Ludwig:
»He, Hugo, deine Hose quietscht!«

Hugo erstarrt. Ängstlich betrachtet er seine Hose und fragt:
»Was? Äh, wieso quietscht meine Hose?«

Aber die einzige Antwort, die Hugo erhält, kommt von Karli, und es ist ein gewaltiger Schlag aufs Kinn.
Hugo schluckt, er verdreht die Augen, und er stürzt wie ein gefällter Baum auf die Bretter des Boxringes.
»1-2-3-4-5-6-7-8-9 und 10! Aus!«

Während der listige Fuchs Ludwig flugs im Wald verschwindet, rufen die Zuschauer: »Betrug, Betrug!«
Aber alles Zetern und Schreien hilft dem Hugo jetzt nicht mehr auf die

Beine. Der Ringrichter könnte leicht bis vierhundertunddrei zählen, ohne daß Hugo auch nur den kleinsten Zeh bewegt hätte. In so einer Situation hilft nur eines: kaltes Wasser, am besten gleich ein ganzer Eimer.

Hugo ist zwar naß wie ein Frosch, aber er kommt nach und nach wieder zu sich.
»Wo bin ich, und wer war ich?«

»Du liegst hier im Boxring, und du bist der starke Boxer Hugo.«

Kaum hat der Schiedsrichterwichtel das gesagt, springt Hugo auf und ruft: »Blödsinn! Ich erinnere mich, ich bin Hugo, der blinde Maulwurf, und ich will jetzt sofort nach Hause, ist das klar?«

Da kann man nur staunen, was so ein Schlag gegen das Kinn alles anrichten kann.

Hugo geht, und der Sieger Karli wird von seinen Anhängern auf den Schultern durchs Dorf getragen.

Während Karli sich feiern läßt, haben die Wettkämpfe in der Leichtathletik soeben erst begonnen.

Endlich ist auch einmal ein Frosch erfolgreich. Quax erweist sich im Stabhochsprung allen seinen Gegnern haushoch überlegen. Wie er behende über die Latte hüpft, das ist wahrlich Weltklasse.

Der Regenwurm, der diesen Wettbewerb verfolgt hat, kann da nur mit dem Kopf schütteln.
»So hoch wie Quax springt, kann ich nicht einmal sehen.«
»Du bist ja auch nur ein blinder, glitschiger Regenwurm«, stichelt die eingebildete Raupe.
»Ach hör doch auf. So gut wie du sehe ich schon lange. Und auf deine doofen Stacheln bin ich gewiß nicht neidisch,« erwiedert der Regenwurm gereizt.
»Daß ich nich lache«, höhnt die Raupe. »Übrigens, nächstes Jahr im Sommer verwandle ich mich in einen bildhübschen Schmetterling.«

Die Raupe beobachtet, ob der Regenwurm beeindruckt ist. Nachdem das nicht ganz so stark der Fall ist, wie die Raupe sich das dachte, fügt sie noch hinzu:
»Als Schmetterling kann ich fliegen, so hoch wie die Wolken, tausendmal höher als der dumme Frosch je springen könnte.«

»So ein alter Angeber«, denkt der Regenwurm und sagt, um die Raupe zu ärgern: »Nächstes Jahr also wirst du ein Schmetterling, das ist schön für dich. Ich dagegen verwandle mich schon morgen in einen Fallschirm! Dann kann ich zehnmal so hoch fliegen wie ein läppischer Schmetterling.«

Grußlos kriecht der Regenwurm davon und vergräbt sich in der lockeren Erde.
Die Raupe aber steht da und staunt und weiß nicht, was sie denken soll.

»Hallo Maikäfer, Moment 'mal. Kennst du ein Tier, das Fallschirm heißt?«
»Nö, nie gehört. Aber frag 'mal den Lurch, vielleicht kennt der sich besser aus.«

Aber weder der Lurch noch der Hirschkäfer, weder die Eule noch der Marder weiß etwas; niemand hat je von einem Tier gehört, das Fallschirm heißt.

»Aber wenn es nun doch wahr ist, was der Regenwurm erzählt hat?« denkt die Raupe und ärgert sich. »Wäre ich doch nur nicht so frech zum Wurm gewesen. Vielleicht hätte er mir im nächsten Jahr Flugunterricht gegeben, und ich hätte bald ebenso hoch fliegen können wie ein Fallschirm.«

Das hat der Regenwurm wirklich klug angestellt, daß muß man ihm lassen.

Während die Raupe sich weiterhin Vorwürfe macht und lustlos an einem Lindenblatt nagt, kann ich euch rasch erzählen, daß auf dem Tennisplatz noch immer keine Entscheidung gefallen ist. Die Zuschauer schnarchen nach wie vor, und inzwischen sind auch die beiden Tennisasse fest eingeschlafen. Weil nun sowieso keiner von beiden gewonnen hat, verpassen sie auch nichts bei der Siegesfeier, die jetzt auf dem Dorfplatz stattfindet.

Alle Sieger erhalten einen Pokal und einen Lorbeerkranz. Die Frösche erhalten als Trostpreis ein Buch mit dem Titel: »Wie lerne ich geradeaus schwimmen«.

Da werden sie bis zum nächsten Jahr tüchtig büffeln müssen, damit ihnen ein solches Mißgeschick nicht ein zweites Mal wiederfährt.

Jeder Sieger erhält den verdienten Beifall, aber auch die Verlierer werden nicht vergessen.
»Dabeisein ist alles«, meint die schlaue Eule, worauf der Dachs sagt: »Gewinnen ist erst recht alles!«
Nicht alle Verlierer haben sich so ohne weiteres mit ihrer Niederlage abgefunden. Die Maus etwa kann es noch immer nicht verwinden, daß das Wiesel ihr im Ziel eine kurze Nasenlänge voraus war.
»Das war echt unfair«, fiept der kleine Nager. »Das Wiesel ist gerannt wie ein Wirbelwind — und

Wirbelwinde dürfen eigentlich am Wettrennen garnicht teilnehmen.«
»Ach was«, sagt ein Wichtel, »Das mit dem Wirbelwind war doch nur ein Vergleich.«
»Papperlapapp! Ein Wirbelwind ist ein Wirbelwind und kein Vergleich. Das Wiesel ist gemein«, sagt die Maus und rümpft beleidigt ihr Näschen.
»Dann«, meint der Wichtel und grinst, »mußt du beim nächsten Mal einfach rennen wie ein Orkan. Dann hat der Wirbelwind nicht den Hauch einer Chance.«
Da ist die Maus still, und man sieht es ihrem Gesicht an, daß sie angestrengt überlegt. Wer weiß, wie ein Orkan rennt?
Aber zum Glück bleiben der Maus ja dreihundertfünfundsechzig Tage zum Nachdenken und Trainieren.

Dann sagt der Bürgermeister:
»Liebe Sportler und Sportlerinnen, liebe Zuschauer und Zuschauerinnen, darf ich euch nun zum Festessen bitten? Die Tafel ist gedeckt, die Gläser sind gefüllt, ich wünsche allen einen Bärenhunger!«

Ob einer nun als Sportler einen anstrengenden Tag hinter sich hat oder als Zuschauer einen eher angenehmen: Auf das große Festessen freuen sich alle gleichermaßen.

Die Sportler, die wieder zu Kräften kommen müssen, bevorzugen nur kräftige Speisen, wie Bohnenbraten, Fenchelkeule oder Selleriegulasch. Dazu natürlich frische Milch. Die anderen halten sich lieber an die leichten und süßen Speisen:
Stachelbeerpfannkuchen oder Haselnußquark, ein Himbeertörtchen oder Steinpilzeis.

Die Stimmung wird immer besser. Sogar der Boxer Hugo hat wieder ein wenig Appetit und stößt mit seinem Bezwinger Karli an:
»Prost Karli, und herzlichen Glückwunsch zum Sieg.«
»Prost Hugo, vielleicht bist ja im nächsten Jahr du der Glücklichere.«

Lange noch hört man freudiges Lachen und Gläserklirren aus den Wichtelstuben. Spät in der Nacht erst werden die Lichter gelöscht; und ab jetzt freuen sich alle schon wieder auf das nächste Sportfest im Wichtelwald im nächsten Jahr!

Wirklich alle? Sagen wir lieber, die einen mehr, und die anderen etwas weniger.

Der Tennisprofi Ivan Hamsterl zum Beispiel, wird in den kommenden Wochen hart arbeiten müssen; denn sein Schläger ist nach dem fast endlosen Kampf gegen Boris Mauser kaum noch wiederzuerkennen. Die Saiten hängen kreuz und quer durch die Luft, wie ein Pfund Spaghetti durchs bredelnde Wasser.

Der Griff ist abgebrochen. Mit etwas Spucke allein wird da nichts zu machen sein, und auch ein Heftpflaster wird nicht viel helfen. Aber die Wichtel sind findige Handwerker und bis jetzt haben sie noch jeden Schaden reparieren können.

Auch die Gärtnerwichtel können sich in nächster Zeit über mangelnde Arbeit nicht beklagen. Der Rasen des Fußballfeldes ähnelt eher einem wüsten Acker, nachdem die Igel und Hamster ihr Spiel beendet haben. Ein Igel ist eben kein Schmetterling; und wo ein Hamster rennt, da müssen Grashalme weichen.
Aber die Wichtel stört das nicht sehr, denn sie leiben die Gartenarbeit, und man kann sicher sein, daß der Rasen im nächsten Jahr wieder in prächtiger Verfassung ist. Grashalm steht aufrecht neben Grashalm, wie die Fasern eines Teppichs; und ein jeder Halm ist genau drei Zentimeter hoch.

So will es die Regel, auf daß es dann ein schönes Spiel gibt, wenn es in zwölf Monaten wieder durch den Wald schallt:
»Auf die Plätze — fertig — los!«

Auf großer Fahrt im kleinen Schiff

Unten in der Mühle am schmalen Bächlein wohnten zwei Kinder, Gitti und Jürgen.

An einem schönen Tag im Frühling des letzten Jahres packten sie alle ihre Spielsachen zusammen und trugen sie hinaus auf die Wiese, durch die das Bächlein sich in sanften Windungen schlängelte.
Das war nun aber nichts Besonderes, denn Gitti und Jürgen spielten viel lieber draußen im Freien als in ihrem engen und dunklen Kinderzimmer.

Immer wenn das Wetter es gestattete, verließen sie das Elternhaus und suchten sich ein schönes Plätzchen auf der Wiese.

Während Gitti an jenem Tag einen Wiesenblumenstrauß pflückte, hatte Jürgen eine Idee.
»Ich könnte«, dachte er, »unsere Puppen in das Segelschiff setzen. Dann könnten sie eine kleine Reise unternehmen.«

Vorne in den Bug setzte er den Matrosen Hein; mittschiffs nahm der

Plüschelefant Jupp Platz, und ans Ruder kam Bim, das kleine Negerlein.

»Soll deine Puppe auch noch an Bord, Schwesterlein?« fragte Jürgen.« Ein Platz auf der Backbordseite ist geradc noch frei.«

Gitti betrachtete das kleine Schiff mißtrauisch und sagte:
»Lieber nicht. Sie hält gerade ihren Mittagsschlaf; da will ich sie nicht wecken. Außerdem ist eine Schiffsreise für ein Baby doch viel zu gefährlich.«

»Wie du meinst, Gitti«, antwortete Jürgen.
»Aber ich passe schon auf, daß nichts passiert. Die Strömung ist hier nur ganz schwach, da kann das Schiffchen sowieso nicht sehr weit kommen.«

Tja lieber Jürgen, so kann man sich täuschen.
Zwar hatte er recht, was die Strömung betrifft. Aber er hatte seine Rechnung ohne den Wind gemacht.
Zuerst schaukelte das Schiff allerdings nur sanft hin und her. Dann aber, gerade als Jürgen einen Schmetterling betrachtete, den Gitti gefangen hatte, wehte eine leichte Brise von Westen her über die Wiese und den Bach.
Sogleich blähten sich die Segel des Schiffchens auf, der Mast zitterte ein wenig, und aus dem Schunkeln wurde ein zaghaftes Gleiten.

Der Wind frischte auf, das Schiffchen wurde schneller und schon segelte es den Bach hinunter.
Als sich Jürgen wieder an das Boot erinnerte, da war es längst außer Sichtweite.

Kaum waren die Spielzeugwesen allein und unbeaufsichtigt von den Kindern, da begannen sie sich vorsichtig zu bewegen. Sie dehnten sich und streckten ihre Glieder.

Schließlich begannen sie sogar zu sprechen:
»Vorsicht Bim! Du mußt das Ruder festhalten, und mehr nach Steuerbord, sonst laufen wir auf Grund.«
»Aye, aye, Kapitän«, rief Bim.

»Hach, Freunde, wißt ihr, was ich jetzt habe?« fragte Jupp.
Und als niemand antwortete, sagte er: »Einen Bärenhunger!«

»Elefantenhunger«, verbesserte ihn Bim.
»Was? Wieso?«
»Na überleg' doch: Wie soll ein Elefant einen Bärenhunger haben? Du weißt ja nicht einmal, wie ein richtiger Bär aussieht«, sagte Bim.

»Hört auf, euch mit solchen Kinkerlitzchen aufzuhalten. Segeln ist schließlich kein Kinderspiel, sondern harte Arbeit für ebenso harte Männer.«

»Alles klar, Herr Kapitän«, sagte Jupp. »Aber schließlich sind wir in den Ferien, und wenn ich Hunger habe, dann habe ich eben Hunger, so ist das nun mal.«

Plötzlich aber wurden die Seeleute von einer Stimme erschreckt:
»He, was macht ihr denn da?«
Die Stimme gehörte einem prächtigen Laubfrosch, der auf einem Stein am Ufer thronte.

»Guten Tag, Herr Frosch«, grüßte Hein artig.
»Wir sind auf großer Fahrt mit unserem Segelboot. Leider wissen wir aber noch nicht, wohin die Reise uns führen wird.«

»Nun, wenn ihr in dieser Richtung weiterfahrt, dann kommt ihr direkt ins Reich der Wichtel.«
»Wichtel?«
»Habt ihr etwa noch nie von den Wichteln gehört?« fragte der Frosch ungläubig.
»Nein, das ist ja auch unsere erste große Reise«, sagte Jupp. »Ach, übrigens, hast du nicht zufällig eine Kleinigkeit zum Essen dabei? Ich sterbe bald vor Hunger.«

»Blödsinn!« quakte der Frosch.
»Ich habe schon viele seltsame Dinge in meinem langen Froschleben gehört, — aber daß ein Plüschelefant verhungern kann, daß wäre mir das Neueste.«
Jupp war beleidigt und drehte dem Frosch seinen breiten Rücken zu.

»Wenn ihr im Wichtelland seid, dann wird euer Freund genug zu essen bekommen«, sagte der Frosch. »Die Wichtel sind nämlich sehr gastfreundlich, und sie freuen sich stets, wenn nette Leute zu Besuch kommen.«

Wenn das stimmte, dann gab es keinen Grund für die drei Abenteurer, sich noch lange aufzuhalten.
»Auf geht's, ins Wichtelland!«

»Moment noch«, rief der Frosch, als sie gerade vom Ufer ablegen wollten.
»Könntet ihr mich nicht mitnehmen? Ich habe nämlich Verwandte im Wichtelreich, die ich schon lange nicht mehr gesehen habe.«

Gegen einen vierten Mann an Bord war nichts einzuwenden. Schließlich war das Schiff solide und aus massivem Holz geschnitzt.

»Ich heiße übrigens Grün, so wie meine Farbe«, sagte der Frosch, nachdem er im Boot Platz genommen hatte.

Der Wind war den Reisenden günstig gesonnen, die Sonne lachte ihnen freundlich zu — was will man mehr?«

Nach einer Weile deutete Grün ans Ufer und erklärte, hier beginne das Wichtelreich, bald werde man die ersten Bewohner zu Gesicht bekommen. Die Wichtel selber könne man an ihren roten Kappen gut erkennen.

»Dann bin ich wohl auch ein Wichtel«, sagte Bim und zeigte auf sein rotes Hütlein.
»Nein, nein, nein!« entgegnete der Frosch. »Nicht jeder mit einer roten Mütze ist ein Wichtel.«
»Und nicht jeder, der Hunger hat, ist ein Elefant«, sagte Jupp.
»Du kannst wohl an gar nichts anderes denken?«
»Doch!« — Aber bevor Jupp aufzählen konnte, an was er alles denken konnte, rief Grün: »Dort, da ist das Haus der Familie Hasenbein!«
Die Hasen hatten das Schiff schon längst entdeckt und erwarteten die Reisenden am Anlegesteg.
»Herzlich willkommen im Wichtelland!« sagte Herr Hasenbein.
»Darf ich euch zum Essen einladen? Es ist gerade fertig geworden.«

Das war ein Empfang, wie ihn sich Jupp nicht besser hätte vorstellen können. Ohne ein Wort rannte er ins Haus, setzte sich an den Tisch, klapperte mit dem Besteck und rief: »Hunger! Hunger! Hunger!«

Hein wollte sich bei Herrn Hasenbein für das Betragen seines Freundes entschuldigen, aber der Hase sagte: »Das ist doch nicht schlimm. Ich habe schon viele Elefanten kennengelernt. Sie sind nette Kerle, wenn sie satt sind, aber unausstehlich, wenn sie Hunger haben. Da kann man nichts machen.«

Freilich schmeckte das Essen nicht nur dem Plüschelefanten Jupp.
Auch Hein und Bim, denen im Kinderzimmer nie etwas serviert wurden, langten kräftig zu.
Als Vorspeise gab es Karottensuppe; als Hauptgang Möhrenbraten mit Karottengemüse und zum Nachtisch Möhrenpudding.

Nach dem reichlichen Essen wollten sich alle ein bißchen in der Sonne ausruhen, so wie der Hamster unten am Flußufer nach getaner Arbeit, aber Grün sagte:
»Wenn ihr noch bis ins Dorf der Wichtel wollt, solltet ihr euch nicht allzulange hier aufhalten, zumal...«
»Was gibt's denn?«
»Zumal heute das große Sommerfest stattfindet. Aber das dauert nur bis zum Sonnenuntergang.«
»Wenn wir schon einmal hier sind, dann sollten wir nun wirklich nicht schlafen, sondern uns alles genau anschauen«, sagte Hein und seine Freunde stimmten ihm zu.

Sie verabschiedeten sich von Hasenbeins, bestiegen ihr Schiff, lichteten den Anker und segelten mit vollem Wind weiter bachabwärts.

Es ging vorbei an bunten Wiesen und schattigen Wäldchen, bis sie am Ufer eine lustige Gesellschaft sichteten.

»Da sind ja unsere Besucher!« rief einer der Wichtel.
»Wir haben euch schon längst erwartet, kommt näher.«
Ein anderer Wichtelmann reichte ihnen Steinkrüge mit kühlem, frischem Apfelsaft.

»So groß kann gar kein Durst sein, als daß unser Apfelsaft ihn nicht löschen könnte«, sagte das kleine Wesen.
»Das möchte ich einmal sehen«, rief Grün und bestellte sich gleich einen zweiten Kurg.
»Ich bin nämlich immer durstig. Morgens, mittags, abends und natürlich auch in der Nacht.«

»Und wann schläfst du, wenn ich mal fragen darf?«
»Ich schlafe immer, sobald ich eine freie Minute habe. Aber ich schlafe stets nur kurze Zeit; wenn ich dann wieder aufwache, ist meine Zunge klebrig und meine Kehle trocken wie ein Eimer Wüstensand. Dann brauche ich ganz schnell irgendetwas zu trinken.«

»Na, ihr Frösche seid wirklich komische Gesellen, aber mir soll's recht sein, hier nimm!«
»Danke«, sagte Grün und trank den dritten Krug Apfelsaft leer — in einem Zug.

Plötzlich aber geschah ein kleines Wunder. Ohne daß irgendjemand etwas bemerkt hatte, war ein kleines nacktes Wesen aus dem Nichts aufgetaucht. Es stand einfach da, als wäre es vom Himmel gefallen, und lächelte.
Keiner sagte ein Wort. Man hätte die Sonne aufgehen hören können; aber die war ja schon längst da.

Schließlich brach das fremde Wesen das Schweigen:
»Was ist denn plötzlich los mit euch? Keiner redet mehr ein Wort, keiner lacht, keiner trinkt. Seid ihr vielleicht gestorben? Oder habt ihr bloß noch nie eine Elfe gesehen?«

Erst nach geraumer Zeit getraute sich ein Wichtel etwas zu sagen:
»Wenn ich ehrlich bin, dann habe ich tatsächlich noch nie eine Elfe gesehen. Es kommen ja allerhand seltsame Wesen im Wichtelland vorbei, aber eine Elfe? Nicht daß ich je wüßte.«

»Auf den Schreck brauche ich noch einen Schluck Apfelsaft, oder auch zwei«, sagte Grün und ließ sich einen Krug zum vierten Male füllen.

Inzwischen hatten die Musikanten wieder ihre Instrumente zur Hand genommen und begannen zum Tanz aufzuspielen.

Die Elfe schien ziemlich schlau zu sein, denn sie hatte sofort begriffen, wie der Ringeltanz geht. Man faßt sich dabei an den Händen und dann laufen alle im Kreis herum, bis sie müde werden.

Der Plüschelefant Jupp freundete sich rasch mit der Elfe an. Insbesonders ihre hauchzarten Flügelchen gefielen ihm sehr gut.
Die Elfe wiederum fand seine Kindertrompete lustig.

»Das ist keinc Kindertrompete, du kleines Dussel, das ist ein Rüssel!« schnaubte Jupp.

»Nun seid doch nicht gleich eingeschnappt, das war doch nur ein Scherz.«

»Auf solche saudummen Scherze kann ich gerne verzichten.«

Die Elfe überlegte kurz, wie sie den Elefanten wieder besänftigen könnte; dann sagte sie:
»Weißt du eigentlich, daß wir Elfen mit euch Elefanten verwandt sind?«

»Blödsinn, wir sehen uns überhaupt nicht ähnlich«, schnaubte Jupp.

»Na dann hör gut zu. Es war einmal ein großer, grauer Elefant. Er lebte im tiefsten Afrika und hatte die mächtigsten Stoßzähne, die man je gesehen hatte.

Eines Tages aber geschah ein Unglück. Da kamen nämlich weiße Männer ins Land, die den großen, grauen Elefanten jagten. Als sie ihn dann schließlich gefangen hatten, schnitten sie ihm die prächtigen Stoßzähne ab. Diese Zähne sind sehr wertvoll, weil sie aus Elfenbein bestehen.
Dann verkauften die Jäger ihre Beute. Jedem, der nur genug bezahlen konnte, schnitten sie ein Stück von dem Elefantenzahn ab.
Auf diese Weise wurde er kürzer, bis schließlich nur noch ein winziger Rest davon übrig blieb, etwa so groß wie ein Wichtelfingerhut. Diesen warfen die Männer achtlos weg.

Sieben Tage später kam ein weiser alter Zauberer des Weges. Er fand den Fingerhut von Elfenbein, hob ihn auf und nahm ihn mit nach Hause. Der Zauberer wußte natürlich, daß das Elfenbein einst dem großen grauen Elefanten gehört hatte.
»Diesem Elefanten kann ich nicht mehr helfen«, dachte der Zauberer. »Aber vielleicht denen, die noch leben, und denen, die erst geboren werden.«
Er zerrieb das Elfenbein zu einem feinen Pulver, mischte es mit 111 geheimen Zutaten und netzte alles mit drei Tränen — so sind wir entstanden! Aus dem Elfenbein wurden die Elfen, die all die großen und kleinen Elefanten der Welt beschützen.«

»Oh, mein lieber Mann«, sagte der Frosch, »Wer hätte das gedacht!«
»Ist doch superklar!« rief Jupp, der schon längst nicht mehr schmollte. »Ich bin schön; die Elfe ist auch schön — da müssen wir doch verwandt sein!«

»Pfff, so ein eingebildeter Pinsel«, murmelte Grün und holte sich einen neuen Krug mit Apfelsaft.

Nach der langen Erzählung wollte Hein endlich etwas unternehmen. »Schließlich haben wir noch gar nicht so viel vom Wichtelland gesehen; laßt uns also weiterziehen.«

Zuerst war niemand von diesem Vorschlag begeistert; als aber dann einer der Wichtel erwähnte, daß ganz in der Nähe ein Karussell aufgebaut sei, da hatten es plötzlich alle ganz eilig. Kaum fünf Minuten später hatten se ihr neues Ziel erreicht. Rund um das Karussell gab es einiges von dem, was ein Kinderherz höher schlagen läßt.

Ein Wichtel hatte einen Eiswagen. Dort konnte man unter 13 verschiedenen Sorten auswählen: Honig, Waldmeister...

»Seht mal, man kann jetzt ins Karussell einsteigen!«
Sofort hüpften Grün, Hein, Bim und Jupp in die vier freigewordenen Gondeln, und schon drehten sie sich im Kreis.
Schneller kann der Mond nicht um die Erde rasen, als die Gondeln hier im Kreis.

Hein nahm seine Matrosenmütze in die Hand und winkte den Wichteln zu. Bim hätte besser ebenso gehandelt, denn plötzlich riß ihm der Fahrtwind seine rote Kappe vom Kopf. Sie segelte elegant wie ein Albatros durch die Luft, landete aber ebenso ungeschickt: Sie bohrte sich in den Sand und ähnelte nun einer kleinen Ziehharmonika.

Aber im Lande der Wichtel versteht man sich aufs Anfertigen von Hüten, Mützen, Kappen, Hauben und dergleichen. Sogleich hob einer der Wichtel Bims Hütchen auf; er zog hier, er drückte da, er nähte einen kleinen Flicken auf, und schon war aus der Ziehharmonika wieder ein hübsches Hütchen geworden.

Bim allerdings hatte von all' dem gar nichts bemerkt, er saß noch immer johlend in seiner Gondel und dachte nicht an seinen Hut.

Sicherlich wären die vier Reisenden noch lange sitzengeblieben und hätten sich im Kreise gedreht; aber auch das schönste Karussell kann sich nicht von alleine drehen.
Die Menschen treiben es mit einem Motor an. Die Wichtel aber, die den Motorenlärm nicht ertragen können, drehen das Karussell mit ihrer eigenen Muskelkraft.

Weil diese aber auch einmal erschöpft ist, hieß es plötzlich:
»Ende der Sausefahrt! Alle Passagiere bitte aussteigen!«

Nach einigen »Ah«s und »Oh«s fanden sich schließlich alle damit ab, daß das Vergnügen nun ein Ende hatte.
»Dann ziehen wir eben weiter«, schlug Bim vor.
»Wie mir scheint, gibt es hier überall viel zu erleben; man muß einfach nur herumlaufen und schon findet man etwas Neues.«

Als sie sich nun zum Aufbruch rüsteten, sagte die Elfe:
»Ich muß euch nun leider verlassen. Ich habe gesehen, daß es Jupp sehr gut geht, nun muß ich mich aber um all die anderen Elefanten kümmern. Ihr glaubt ja gar nicht, wie viele Dickhäuter es auf der Erde gibt. Also dann, lebt wohl!«

Und so plötzlich die Elfe aufgetaucht war, so plötzlich war sie nun auch wieder verschwunden.
Dennoch war das kein Grund zur Traurigkeit, denn hinter dem nächsten Gebüsch erklang ein fröhliches Lied, das die vier Reisenden jetzt anlockte.

Noch viel aufregender aber, als die Musik, war etwas anderes.
Die Wichtel nämlich boten ihren Gästen einen Rundflug an.
»Wo sind denn eure Flugzeuge?« fragte Hein, der sich für alle technischen Dinge interessierte.
»Habt ihr Segelflugzeuge oder gar welche mit Propellerantrieb? — Doppeldecker, Zeppeline oder sogar Düsenbomber?«

»Düsenbomber?« fragte ein Wichtelmann. »Das tut mir leid, so etwas kenn' ich nicht. Wir fliegen hier auf den Rotkehlchen oder Buchfinken, manchmal auch auf einen Zaunkönig, und, wenn es ganz schnell gehen soll, auch manchmal auf einem Falken.«
»Mir soll's recht sein«, sagte Hein, »Hauptsache, die Dinger stürzen nicht gleich ab.«

Jupp war überglücklich; denn er hatte sich schon lange gewünscht, einmal zu fliegen, und jetzt würde er bald der erste Elefant im Weltraum sein!

Ganz so hoch hinaus kann man nun auf einem Rotkehlchen nicht fliegen; aber allemal so hoch, daß man die Welt fast nicht mehr erkennt.
»Die Flüsse sind blaue Linien!«
»Die Berge sind flach wie Pfannkuchen!«
»Die Häuser sind winzige Hutschachteln mit Rauchwolke!«
»Ich sehe ein Land, da sind alle Menschen so schwarz wie ich!«

Auf diese Weise entdeckten die Vogelpiloten tausend Dinge, die man ansonsten nicht sehen kann.

Als sie schließlich wieder gelandet waren, da sprudelten die Eindrücke nur so aus ihnen heraus:
»Und das Ding da...«
»Hast du gesehen, wie...«
»Ich habe auch ein...«
»Das ist noch gar nichts,...«
Alle redeten durcheinander, so daß keiner verstehen konnte, was sie erzählten.

»Ach«, quakte der Frosch. »Jetzt beruhigt euch mal wieder. Es ist doch klar, daß von oben alles anders aussieht als von unten. Ich kenne mich da aus. Als Frosch kann ich nämlich sehr hoch springen, höher als jeder Vogel fliegt. Eigentlich sind wir Frösche ja die Herren der Luft!«

»So ein Quatsch!« sagte Jupp. »Das erzählst du doch nur, weil du neidisch bist.«
»Ich und neidisch?« Nicht die Bohne. Übrigens sind wir Frösche schon auf den Mond gehüpft, da wart ihr noch in der Spielzeugfabrik! Habt ihr noch nie vom Frosch im Mond gehört?«
»Falsch, das heißt: der Mann im Mond.«
»Nein: Frosch!«

So gab ein Wort das andere, und wer weiß, wie der Streit geendete hätte, wäre nicht in diesem Moment ein Ungeheuer auf der Bildfläche erschienen. Es war schwarz und braun und riesengroß; und es hatte ein Geweih, das jeden Hirsch vor Neid erblassen lassen mußte.

Jupp, der mit Vorliebe abends vor dem Einschlafen Gruselgeschichten las, schien das Ungetüm zu kennen: »Das ist das eiskalte Gabelmonster! Hiiilfe! Es wird uns jetzt alle aufspiessen!!!«

Alle rissen vor Schreck die Augen weit auf, während der Jupp schon längst davongaloppiert war.
Da sagte das Ungetüm: »Was seid ihr nur für Angsthasen und Flatternasen. Ich bin es doch nur, der Hirschkäfer. Vor mir muß sich niemand fürchten.«
Tja, so kann's gehen, wenn man zuerst den Mund aufreißt und dann erst die Augen.

Der Hirschkäfer berichtete, im Wald sei ein Baum umgestürzt und quer über den Weg gefallen. Da setzten die Wichtel ihre Kappen auf und verabschiedeten sich.
»Wir müssen schnell den Baum zur Seite schaffen. Bis bald.«

Hein, Bim und Grün aber setzten sich ins Gras und warteten, bis Jupp zurückkam.
Es dauerte eine ganze Weile, bis sie den Dickhäuter durchs Gras heranschleichen sahen.

»Ist dieses eiskalte Gabelmonster weg?« flüsterte Jupp vorsichtig.
»Ja«, antworteten die Freunde und kicherten. »Es war schrecklich. Das eiskalte Gabelmonster hat alle aufgespießt, nur uns hat es verschont.«

»Seht ihr, ich kenne mich in solchen Dingen aus; das eiskalte Gabelmonster ist das gefährlichste Ungeheuer von allen.«
»Ja, ja, und schrecklich gefährlich«, lachten die andren und zwinkerten sich insgeheim zu.

Einen Moment später raschelte es erneut im Gras.
Diesmal bestand aber kein Grund, sich zu fürchten. Es waren nur einige Heuschrecken, die über die Wiese hüpften.

»He, ihr da!« rief die erste der Heuschrecken. »Ihr müßt jetzt hier verschwinden, denn bald findet auf dieser Strecke ein Rennen statt. Der Startplatz ist gleich dort hinten.«

Beim Heuschreckenrennen kam es nicht nur darauf an, als erster das Ziel zu erreichen.

Jedes Renntier hatte nämlich, wie es sich gehört, einen Reiter; und zwar einen Marienkäfer. Deren Aufgabe war es nun nicht nur, die Grashüpfer anzutreiben, sondern es war viel wichtiger, daß sie fest im Sattel sitzenblieben; denn es galt, daß nur die Heuschrecke gewinnen konnte, die samt ihrem Marienkäfer zuerst im Ziel war.

Die Marienkäfer gaben wirklich ihr bestes, und das war nicht wenig. Aber wer schon einmal auf einer Heuschrecke geritten ist, der wird zugeben müssen, daß es auf dieser Welt kaum noch eine schwierigere Aufgabe gibt.

Kurz vor dem Ziel, als die Kräfte der kleinen Reiter immer mehr nachließen, da fiel einer nach dem anderen aus seinem Sattel. Zuletzt gelang es

nur einem einzigen Käfer, auf dem Rücken seines Hüpftieres über die Ziellinie zu reiten.

»Bravo! Klasse!« zwitscherten die Vögel, und Bim sagte: »Toll!«
Aber als sie den vermeintlichen Sieger aus dem Sattel heben wollten, um ihm zu gratulieren, da klebte er so fest auf der Heuschrecke, daß alles Ziehen und Zerren nichts half.

Nach einer kurzen Untersuchung entdeckte man den Grund des Ganzen: Der Marienkäfer hatte sich einen Klecks Honig auf den Hintern geschmiert!
»Oh, das ist nicht fein!« riefen die Zuschauer und pfiffen durch die Zähne.

Der ertappte Übeltäter senkte reumütig sein Köpfchen, und eine kleine Träne rann ihm über die Backe.
»Er schämt sich, es tut ihm wirklich leid«, sagte Jupp — aber es waren keine richtigen Tränen, sondern es waren Regentropfen.

Bei dem spannenden Rennen hatte keiner bemerkt, daß sich unterm Himmel ein Gewitter zusammengebraut hatte.

Als jetzt nach den ersten Tropfen immer schneller weitere fielen, da rannten sie alle Hals über Kopf los, um einen sicheren Unterschlupf zu finden.
Jeder wollte als erster im Trockenen sein, so daß keiner auf den anderen achtete.

Bim stieß mit einer Fliege zusammen, und beide stürzten hin. Der Igel stolperte über das Saxophon des Wichtelmusikanten, der Frosch verhedderte sich mit dem Fuß in der Blindschleiche; die Maus, der Maulwurf und der Feuersalamander rumpelten mit den Köpfen aneinander und rissen im Stürzen den Elefanten mit.
Der Hamster rannte blindlings gegen den Tisch, auf dem der Wichtel seine Erdbeerlimonade verkaufte;

und wer in der Nähe war, der bekam eine gehörige Dusche ab von diesem köstlichen, aber auch sehr klebrigen Getränk.

Weil sich alle in ihrem Eifer gegenseitig behinderten, konnte sich letztlich keiner rechtzeitig in Sicherheit bringen — ein jeder bekam ein gerüttelt Maß Regenwasser ab. So schlimm war das freilich auch wieder nicht.

Und als dann alle in einer ausgehöhlten alten Eiche eng zusammen kauerten, da wurde es ihnen bald wohler.

Draußen tobte der Sturm, mit Blitz und Donner, der Regen prasselte hernieder und bildete kleine Seen auf der Wiese.
Im Baum aber war es trocken und warm und urgemütlich.

Gewitter sind heftig, aber sie dauern meistens nur kurz. Und hinterher, wenn die Sonne wieder scheint, dann spannt sich ein Regenbogen über die Wiese und läßt die Erdenbewohner staunen.
So war es auch in diesem Fall.

»Ah, wie die Luft gut duftet«, sagte ein Wichtel.
»Jetzt habe ich richtig Lust, zum Dorfplatz hinüber zu gehen, wo heute der Zirkus Konfetti ein Gastspiel gibt.

So ein Zirkus ist stets eine feine Sache. Wo sonst kann man Akrobaten sehen, die ihr Leben bei gefährlichen Kunststückchen aufs Spiel setzen?

Wie etwa die Maus mit dem roten Röckchen: Sie ließ sich vom Hamster in schwindelnde Höhe heben, und das mit einer Hand.
Apllaus für die tapfere Maus!

Auch der Hamster zeigte ein Kunststück, das man nicht alle Tage sieht: Er konnte beide Augen gleichzeitig schließen und stand dabei nur auf einem Bein, nämlich dem linken.
Applaus für unseren tollkühnen Hamster!

Wem die Darbietungen zu gewagt waren, der konnte sich zwischendurch bei einem Glas Limonade entspannen; oder er kaufte sich ein Erdbeerwürstchen vom Grill mit scharfem Senf.
Das kostete nur ein Lächeln, und das ist wirklich sehr preiswert.

»Ein Zirkus ohne einen Elefanten, das ist kein richtiger Zirkus!« dachte Jupp und sagte:
»Meine Damen und Herren, dürfte ich Ihnen vielleicht auch ein Kunststücklein vorführen?«

»Natürlich!« riefen alle.

Also ging Jupp zum Wasserhahn und ließ sich seinen Rüssel vollaufen. In so einem Elefanten hat ein Berg Wasser Platz, fast schon ein Gebirge. Als er mit dem Trinken fertig war, bestieg er die Bühne, reckte den Rüssel senkrecht nach oben und spritzte das ganze Wasser in die Luft, bis hinauf zu den Wolken. Jupp sah aus wie ein wirklicher Springbrunnen.
»Herrlich! Wunderbar!« riefen die Zuschauer, — bis das Wasser wieder zurück zur Erde regnete.
Da wurden alle noch viel nasser als zuvor im Gewitter, und Grün sagte: »Solch eine blöde Zirkusnummer. Wenn ich mir das daheim erlauben würde, ich erhielte mindestens eine Stunde Hausarrest dafür.«

»Hausarrest?« rief Hein.

»Wie lange sind wir denn schon hier?« fragte Bim, und Jupp sagte: »Wir müssen nun schleunigst heim, sonst finden wir im Dunkeln den Weg nicht.«

Das verstanden die Wichtel gut. Außerdem würden auch sie mit dem Sonnenuntergang in ihre Betten schlüpfen, und im ganzen Wichtelland würde Ruhe herrschen.
Also nahm man Abschied voneinander.

»Ihr könnt uns immer besuchen, wenn ihr Lust habt«, sagten die Wichtel, und die Seefahrer versprachen, bald wieder zu kommen. Ihr Segelschiff lag noch am Steg vor Anker. Sie stiegen an Bord, hißten die Segel, lichteten den Anker, drehten das Ruder herum und trieben heimwärts.

Aber warum lag das Boot so tief im Wasser?
»Wir gehen unter!« jammerte Grün.
»Na, na«, sagte Bim. »Nun hab dich bloß nicht so. Außerdem, seit wann kann ein Frosch ertrinken?«

Plötzlich rief Jupp: »Seht mal, wen wir hier haben!«
In der Kajüte hatte sich ein Wichtel versteckt. Mit Rucksack und Regenschirm sah er reisefertig aus. »Ich möchte so gerne mal in ein Kinderzimmer reisen«, sagte er. »Beim nächsten Mal nehmen wir dich gerne mit«, sagte Hein, »aber fünf Passagiere kann unser Boot nicht tragen, da müßten wir untergehen.«

Zwar war der Wichtel ein wenig enttäuscht, aber am Untergang des Bootes wollte er auch nicht Schuld sein. So ging der blinde Passagier von Bord, und nun konnte die Heimreise endlich beginnen.

Auf einem Bach kann man sich kaum in der Richtung irren, es geht nur stromauf oder stromab. Wichtig ist nur, daß der Wind stetig und aus der richtigen Richtung bläst.

Sie segelten vorbei am Haus der Familie Hasenbein.
Danach sprang Grün, der Frosch, von Bord und bestieg wieder seinen Stein am Ufer.

Der Wind trieb die Drei weiter der Heimat zu, bis sie plötzlich Jürgens Stimme hörten.

»Da ist ja mein Boot!«
Jürgen eilte herbei, hob sein Schiff aus dem Wasser und streichelte Hein, Jupp und Bim.

»Ein Glück, daß ich euch noch erwischt habe. Ihr hättet abtreiben können, den Fluß hinunter bis ins offene Meer. Es ist sehr, sehr gefährlich, sein wohlbehütetes Kinderzimmer zu verlassen.«

So sprach Jürgen. — Jupp, Hein und Bim aber tuschelten:
»Wenn der wüßte!«